KB197412

상하이 폭스트롯

휴머니스트 세계문학 038

상하이 폭스트롯

上海的狐步舞

무스잉 | 강영희 옮김

차례

일러두기

1. 번역 대본으로는 穆时英,《穆時英精品文集》(團結出版社, 2018)를 사용했다.
2. 주석은 모두 옮긴이 주다.
3. 본문 중 원서에서 중국어 이외의 언어로 쓰인 부분은 괄호 안에 병기했다.

심심풀이가 된 남자

그날 기숙사로 돌아와서 청산유수 같은 당신의 말에 배고픔도 잊은 채 놀란 가슴을 한참 진정하지 못했어요. 파란 하늘을 바라보며 당신이 연인 앞에서 얼마나 말을 잘할지도 상상이 됐어요. 암자에서와 같은 생활을 하다보니 정말 외로워요. 이렇게 가다가는 영혼마저 돌이 될 것 같아요……. 그저 날 보러 한번 와요!

룽쯔

클래라 보●를 닮은 글씨가 복숭앗빛 종이에서 히죽히죽 빙

● 클래라 보(1905~1965)는 1920년대 무성영화 시대에 스타덤에 올라 〈훌라〉, 〈날개〉를 비롯한 마흔여섯 편의 무성영화와 열한 편의 유성영화에 출연했다.

글빙글 춤추면서 나를 둘러쌌다. 아뿔싸! 나는 덜컥 겁이 났다.

처음 본 순간, '정말이지 위험한 동물이다!'라고 느꼈다. 그녀는 뱀의 몸과 고양이의 머리, 부드러움과 위험이 뒤섞인 혼합물이었다. 입고 있는, 붉은 비단 치파오 옷자락은 산들바람이라도 불어오는 듯 나부꼈다. 베고니아처럼 사랑스러운 붉은 새틴 하이힐, 그 안에 담긴 발은 딱 봐도 춤추는 발이었다. 꽃병의 목과 같은 허리, 그 위로 찬란하게 핀 모란……. 거짓말할 줄 아는 입과 속일 줄 아는 눈, 귀품이었다!

한때 낭패를 당한 바 있는 나는 솔직한 성격으로는 거짓말할 줄 아는 아가씨들의 입을 당해낼 재간이 없음을 뻔히 알았다. 세 번 만날 때까지 '조심하자'라고 경계했지만, 쑤저우 지방 분위기가 물씬 나는 그녀의 말투를 들으면서 한편으로는 이런 생각도 했다. 이 순진한 입이 거짓말을 할 수 있을까? 아마도 그럴 것이다. 그래서 그녀와의 사이에 부랴부랴 호기롭게 벽을 쌓아 올렸다. 그녀가 처음으로 느닷없이 달려들었다. 이 위험한 동물은 지금 뜻밖에도 내게 십년지기처럼 굴었다. '이번에는 속지 않았겠지? 내가 쫓아다니는 게 아니라 상대가 날 잡으러 온 거잖아!' 기숙사 방 침대에 누울 때마다 이렇게 분석했다.

그녀를 한 번 더 보는 건 위험했다! 연애라면 젬병이었다. 따지고 자시고 할 것도 없이 아예 처음부터 대놓고 "일이 눈코 뜰 새 없이 바쁩니다"라고 답장을 써서 보냈다. 사실은 마침 시간이 나는 터라 목욕을 갈 생각이었다. 학교에서 돌아와 머리를 빗을 때 불쑥 책상 위에 놓인 푸른색 봉투가 눈에 들어왔다.

"날 보러 오는 일을 왜 해야 할 일의 목록에 넣지 않았어요? 한번 만나요! 교문 앞에서 기다릴게요." 이렇게 귀엽게 고집과 치기를 부리면 어쩔 수 없었다. 외투를 껴입고 독한 지스• 담배를 피우면서 교문 앞으로 나가자 그녀는 이미 와 있었다. 오래된 석탄재 길은 이맘때면 밀 이삭이 자란 들판, 드문드문한 황량한 무덤, 밀 속에 묻힌 저쪽 시골, 까마귀 떼로 산책하기 딱 좋았다.

"당신은 담배를 참 좋아하는군요."

"외로운 남자는 담배를 연인으로 삼는 법입니다. 녀석은 자주 날 찾아옵니다. 적막할 때, 차 안에서, 침대에서, 생각에 잠길 때, 지쳐 나른할 때…… 목욕할 때도 찾아오곤 합니다. 누군가는 예의도 모르는 녀석이라고 핀잔을 줄지도 모르겠지만 우리는 오랜 친구로……."

"매일같이 맥주 같은 남자들에게 둘러싸여 있다가 당신같이 신선한 사람을 만나면 그야말로 식욕이 자극돼요."

아뿔싸, 그녀는 나를 매운 자극제로 여겼다.

"그렇다면 당신의 위가 건강하지 않겠는데요."

• 민국 시기의 대표적인 담배 브랜드.

"남자들이 그렇게 만들었죠. 그들의 비겁함, 우매함, 쥐 같은 눈빛, 슬픈 척하는 얼굴…… 죄다 소화불량을 일으키는 것들이죠."

"그건 그저 아가씨들이 간식을 너무 좋아한 탓이라고 할 수 있습니다. 네슬레 초콜릿 사탕, 선키스트(Sunkist), 상하이 맥주, 군밤, 땅콩을 섞어 삼키면 소화불량이 안 생기려야 안 생길 수가 없습니다. 당신들이 배설한 초콜릿 사탕, 선키스트(Sunkist)…… 등이 슬픈 얼굴을 안 할 수 있겠습니까?"

"그래서 내가 자극적인 게 먹고 싶은 거군요!"

"자극적인 건 소화불량에 적절치 않습니다."

"그런 건 신경 쓰지 말아요!"

"당신이 배설한 사람은 많겠죠?"

"난 변비에 걸렸어요. 배실하려고 해도 그들이 나오려 하지 않으니 정말이지 난처해요. 그들은 하나같이 마음을 내밀고 매 맞은 어릿광대 얼굴을 하고 있어요……. 난 그런 그들이 그저 바보 같아요."

'위험해. 나 역시 초콜릿 사탕처럼 삼켜진 뒤 배설되지 않을까? 한데 그녀도 나만큼 솔직하잖아!' 나는 그녀의 홍링•

• 한해살이 떠다니는 수초로, 붉은색이며 아래쪽으로 휘어진 네 개의 뿔로 구성된 마름모꼴 보석 모양이다. 중국 양쯔강 이남 지역에 분포한다. 《홍루몽》에서 가보옥이 사상운에게 보낸 먹거리이자 덩리쥔의 노래(〈붉은 홍링을 따네〉)에도 등장한다.

같은 입을 보면서 '저 입도 거짓말을 할 수 있을까?' 하는 의구심이 일었다. 쭈그리고 앉은 그녀는 길가 보라색 들꽃을 꺾어 내 옷깃에 꽂아주었다. "알아요? 이 꽃 이름?"

"알려주세요."

"이건 물망초(Forget-me-not)라고 해요." 그러고는 해맑게 웃었다.

맙소사, 또다시 걱정이 앞섰다. 이미 그녀의 입에 초콜릿 사탕처럼 물리고 있는 게 아닌가! 나는 서둘러 여성 혐오증 바이러스가 혈관에 빠르게 번져나가도록 스스로를 다그쳤다. 살짝 기울어진 그녀의 머리를 감히 쳐다보지 못하고 앞으로 걸어가서 풀밭에 냉큼 앉았다. 나는 풀밭 비탈에 선 버드나무 아래에 누워 몸에 어른거리는 버들가지의 잔 그림자를 보았고, 룽쯔는 그곳에 앉아 밀 이삭을 가지고 놀았다.

"여성 혐오자예요, 당신은!"

지스 연기 속에서 그녀의 교만한 코, 나를 조소하는 눈, 실망한 입이 보였다.

"대체 어디서 그런 바이러스가 생겼어요? 알려줘요."

"거짓말을 잘하는 아가씨가 준 선물입니다."

"그렇다면 당신의 바이러스를 잡지에 퍼뜨리는 건 아니죠? 정말 밉살스러운 사람이군요!"

"내 바이러스는 아가씨들의 소화불량에 대처하는 유일한 처방입니다."

"당신은 정말이지 아가씨들에게 미움을 사지는 않겠군요."

"시 한 편 읽어드리겠습니다." 나는 루이즈 길모어(Louise Gilmore)의 시를 읊었다.

내가 공작새라면
천 개의 눈으로
당신을 보겠습니다
내가 지네라면
백 개의 발로
당신을 쫓겠습니다
내가 문어라면
여덟 개의 팔로
당신을 안겠습니다
내가 고양이라면
아홉 목숨 줄로
당신을 사랑하겠습니다
내가 하느님이라면
세 개의 몸으로
당신을 차지하겠습니다

그녀는 말이 없었지만, 생각에 잠긴 듯했다. '얄미운 사람 같으니! 조금 전까지 아무것도 모르는 척하더니 지금 또 그

러네.'

"돌아가요."

"왜 돌아가려고요?"

"남자들은 죄다 바보예요." 그녀가 씩씩거렸다.

거짓말을 할 줄 아는 입처럼 보이지 않았다! 나는 그녀와 함께 황혼이 내려앉은 석탄재 길을 바스락바스락 걸어 되돌아갔다.

라켓을 든 채 테니스장에서 바로 식당으로 가 애프터눈 티(Afternoon Tea)로 뱃속을 가득 채우고 기분 좋게 기숙사로 돌아갈 때, 오 분이 지나 유유자적 풀밭에 앉아서 저녁 식사를 기다릴 때, 책을 끼고 강의실에서 운동장으로 나가 어슬렁거릴 때, 며칠 연달아, 기숙사에서 교문 앞 학교 버스(Bus)로 뛰어가거나 그쪽에서 기숙사로 돌아오는 그녀를 보았다. 그녀는 나를 봐도 건성으로 인사를 건넬 뿐 어떤 편지도 보내지 않았다.

그날 밤, 도서관에 가려던 순간에 편지 한 통이 날아들었다. "한번 와요. 알겠어요?" 명령조였다. 한 번 더 만나자니! 그냥 이대로 끝내는 게 낫지 않을까? 나는 위험한 심연 앞에 선 것을 깨달았다. 하지만 결국 또다시 달려갔다.

달이 저 멀리 황궁 같은 기숙사 한구석에서 불그스레하게, 커다란 대야처럼 떠올랐다. 달을 뒤로한 채 나와 그녀는 말없이 교문 밖으로 나가 석탄재 길을 걸었다. 지평선 속으로 흘러 들어가는 길, 지평선 아래를 뚫고 나오는 사나운 자동차 불빛, 그 불빛에 길옆 광고판의 아가씨가 지스를 피우며 유쾌하게 웃다가 사라졌다. 다리에 다다르자 나는 난간에 기대서서 달을 향해 연기를 내뿜었다.

"요즘 소화불량은 좀 괜찮아졌습니까?"

"괜찮아지는가 싶더니 오늘 다시 도졌어요."

"그래서 또다시 자극제가 필요하다?"

지스 연기 속 그녀의 얼굴이 웃었다.

"시 한 수 읊어드리겠습니다."

그녀는 달을 마주하고 허리를 난간에 기댔다. 나는 물 위에 어린 그녀의 그림자를 보았다.

> 내가 공작새라면
> 천 개의 눈으로
> 당신을 보겠습니다
> 내가 지네라면
> 백 개의 발로
> 당신을 쫓겠습니다
> 내가……

나는 대뜸 그녀의 손을 잡았다. 그녀는 고개를 살짝 들어 지그시 눈을 감았다. 은빛 달빛 아래 그녀의 눈꺼풀은 보랏빛이었다. 꽃송이 같은 그녀의 입술을 와인을 마시듯 살짝 머금었다. 취하게 하는 술 향기였다. '낭패를 당하는 건 아니겠지!'라고 의심하면서도 즐거웠다.

등을 비추는 달, 별똥별처럼 물속으로 떨어진 담배 연기, 내 눈앞의 오옥• 같은 커다란 눈동자.

"당신을 보자마자 사랑에 빠졌어요!" 그녀는 귀여운 머리를 내 품에 묻고 히죽히죽 웃었다. "당신만이 내가 찾는 사람이라니까요. 얼마나 사랑스러운 남자의 얼굴인지! 직선적이고 근대적이며…… 부드러운 눈동자, 세상 물정 아는 입……."

그녀의 거짓말할 줄 아는 입에서는 맥주 거품이 부그르르 끓어 넘치듯 나에 대한 평가가 쏟아졌다.

'거짓말할 줄 아는 입은 아니겠지.' 기숙사에 도착해서 또다시 든 생각이었다. 위층 창가에서 누군가가 색소폰(Saxophone)을 불었고 살랑거리는 봄바람이 얼굴을 스치고 내 옷깃을 말아 올렸다.

'세상에! 맙소사!'

다음 날 위험하다는 생각이 들었다. 그녀는 위험한 동물이고 나는 좋은 사냥꾼이 아니다. 지금 나는 그녀를 포획한 것인가, 그녀에게 포획당한 것인가? 하지만 적어도……. 나는

• 빛깔이 검은 옥.

방정식을 풀지 못한 사람처럼 번뇌스러웠지만, 저녁 즈음에 날아든 편지에서 그녀는 천진난만하게 말했다. "정말 얄미운 사람이군요! 오늘은 날 보러 반드시 올 줄 알았더니 뜻밖이군요. 안 오는 걸로 알게요. 이미 내 포획물인데 왜 이렇게 고집을 부려요?" 나는 편지를 더 볼 엄두가 나지 않았다. 이미 분명하게 밝히고 있지 않는가? 그녀의 포획물이 될 수는 없었다. 편지를 책상 위로 던지고, 책의 성으로, 원고의 산으로, 학문의 강으로 숨어들었다.

그런데 젠장! 모든 O 자가 그녀의 입술 자국을 닮지 않았는가. 벽에 박힌 빌마 뱅키(Vilma Banky)●의 눈은 그녀의 눈을 닮았고 낸시 캐럴(Nancy Carroll)●●의 웃는 모습 역시 그녀의 그것 같았으며 가장 이상하게는 노머 시어러(Norma Shearer)●●●의 얼굴에 그녀의 코가 등장한 것이다. 결국 그녀의 입술 꽃은 붓대에서, 톨스토이의 대머리에서, 마른 종이에서 피어났다……. 장미꽃이 그려진 등갓에서도 피어났다……. 편지를 날름 집어 들어 마저 읽었다. "내가 두려운가요? 당신도 여느 남자들처럼 마냥 그렇게 소심해요? 오늘 밤 달은 안개 낀 듯 저쪽 버들가지 위로 어기적어기적 걸어가네요. 하지만 난 당

● 헝가리계 미국 배우 빌마 뱅키(1901~1991).

●● 미국의 영화배우 낸시 캐럴(1903~1965).

●●● 1942년까지 활동한 캐나다계 미국 배우 노머 시어러(1902~1983).

신의 그 얼굴이 보고 싶어요. 평면적인 선 위에, 공중으로 튀어나온 직선이 입체적인 스케치를 이루는 기적을요!" 이처럼 자극적이고 신선한 문장이라니!

사랑스럽기 짝이 없는 문장이 아닌가. 한 번 더 가보자 싶었다. 클래라 보를 닮은 글씨로 써진 이 신선한 문장들이 검은 바탕 위에서 춤을 추며 나를 포위하고 손을 묶어 문의 궁으로 끌고 갔다. 세상의 모든 남자를 끌고 갈 만했다.

장미꽃 옆 돌계단에 앉아 손으로 턱을 괴고 고개를 갸우뚱거리며, 나지막이 세레나데를 부르는 이는 다름 아닌 룽쯔였다. 정문 등의 희미한 불빛은 비둘기 같은 그녀의 그림자를 바닥에 새기고 이미 어둠 속에서 안개 속으로 발을 디딘 그녀는 미소를 지은 채 다가왔다.

"나한테서 도망치려고 하지 않았어요? 왜 또 왔어요?"

"당신이 나를 기다리고 있잖아요?"

"심심해서 여기 앉아 밤경치를 구경하던 참이었어요."

"입술에 탠지(Tangee)•를 고쳐 바른 것 같은데요?"

"얄미운 사람!"

그녀는 내 팔을 잡고는 컴컴한 운동장으로 걸어갔다. 빛에서 빛과 그림자가 어우러진 선 속으로, 다시 어둠 속으로 들

• 1920년대에서 1950년대까지 할리우드 전성기 때 립스틱 산업의 선두 주자로서 여배우들의 사랑을 받은 제품이다.

어가서는 멈춰 섰다. '잊은 거 없어요?'라고 말하듯 나를 바라보았다.

"룽쯔, 날 사랑하는 거 맞아요?"

"맞아요."

그 '입'은 거짓말할 리 없었고 나는 거짓말할 줄 모르는 그 입에 키스했다.

"룽쯔, 그 심심풀이들은 어떻게 됐어요?"

"심심풀이는 그저 심심풀이일 뿐이잖아요."

"심심풀이 앞에서도 사랑한다고 말하지 않았나요?"

"그건 남자들이 하나같이 멍청하기 때문이에요. 그렇게 말하지 않으면 거지처럼 졸졸 따라다니며 애원하는 척, 비굴한 척, 증오하는 척, 아양을 떠는 척…… 하는 얼굴을 들이대죠. 졸졸 따라다니며 치근대는 거지들에게 동전 한 푼쯤은 던져 줄 수 있는 거잖아요. 안 그래요?"

어쩌면 나 역시 심심풀이로 생각하는지도 몰라 나는 고개를 숙인 채였다.

"사실 사랑하든 말든 상관없어요. 상대방의 마음만 알면 돼요. 난 당신을 사랑해요. 믿어요? 그래요? 믿어요? 말해봐요! 당신이 믿는다고 생각해요."

나는 그녀의 기만적이고 거짓말할 줄 아는 입을 보면서, 선언히 일면서도 믿었다.

속전속결로 이루어진 연애! 나는 그녀를 사랑하지만, 내게 그녀는 낯선 사람이었다. 그녀를 모를뿐더러 그녀의 사상과 영혼, 취향은 내게 미지의 영역이었다. 우정을 위한 이해의 기초는 조성되기 전이었지만 연애는 공중에서 지어졌다!

매일 밤 나는 그녀의 창문 앞에서 뻐꾸기 울음소리를 흉내 내며 휘파람을 불었다. 그러면 그녀는 항상 세레나데를 나지막이 흥얼거리며 어린아이처럼 뛰쳐나와 기숙사 문 앞에서 '알렉시(Alexy)'라고 불렀고, 다시 휘파람을 부는 내게로 다가왔다. 희미한 빛 속에서 식물의 그림자 속으로 들어와서는 내 코트(Coat) 깃에 매달려 '또 잊어버렸군요'라고 말하듯 내 키스를 기다렸다. 나는 가벼운 입맞춤으로 키스했다. 바로 '날 심심풀이로 생각하는 건 아니겠지. 거지처럼 치근대며 매달리는 사람은 내가 아니라 그녀잖아'라고 생각하면서. 그러면 그녀는 지팡이를 짚듯 내 팔에 매달려 치맛자락을 나부끼며 흐느적흐느적 걸었다. 나는 연애 아래에 우정의 기초를 쌓으려고 열심히 노력했다.

"《동백 아가씨》• 읽어봤어요?"

"우리 할머니는 읽으셨을 거예요."

"그럼 당신은 사실주의 작품을 좋아합니까? 예를 들어 에

• 알렉상드르 뒤마(1824~1895)의 작품으로, 《춘희》라고도 한다. 화류계 여성이 부르주아 청년과 사랑에 빠지지만 신분의 차이를 극복하지 못한 채 상처받고 죽어가는 순애보적 사랑을 그렸다.

밀 졸라의《나나》나 도스토옙스키의《죄와 벌》…….”

“내겐 자고 싶을 때 읽는 좋은 수면제죠. 난 폴 모랑,• 요코미쓰 리이치,•• 호리구치 다이가쿠,••• 싱클레어 루이스•••• 를 좋아하고, 이 중에서 싱클레어 루이스를 가장 좋아해요.”

“우리나라에서는요?”

“류나어우•••••의 새로운 예술, 궈젠잉••••••의 만화, 당신의 거친 글, 난폭한 숨결…….”

그야말로 자극과 속도를 추구하는 아가씨, 룽쯔가 아닌가! 재즈(Jazz), 기계, 속도, 도시 문화, 미국의 맛, 시대의 미…… 이 모든 산물의 집합체. 하지만 문제는 바로 여기에 있었다.

“당신의 여성 혐오증은 좀 나아졌어요?”

• 제1차 세계대전 후의 혼란과 퇴폐를 서정적 필치로 그린 프랑스의 시인이자 소설가인 폴 모랑(1888~1976). 작품에는《밤을 닫다》,《밤을 열다》등이 있다.

•• 신심리주의적 기법의 작품을 쓴 일본의 소설가인 요코미쓰 리이치(1898~1947). 작품에는《문장》,《여수》등이 있다.

••• 다이쇼와 쇼와 시대 일본의 시인이자 프랑스 문학 번역가인 호리구치 다이가쿠(1892~1981). 프랑스 초현실주의를 도입했다.

•••• 미국의 현실을 폭로하는 풍자소설로 미국인 최초의 노벨문학상을 수상한 싱클레어 루이스(1885~1951). 작품에는《도즈워스》,《애로스미스》,《배빗》,《메인 스트리트》등이 있다.

••••• 프랑스 문학의 영향을 받은 중국의 신감각파 소설가인 류나어우(1900~1939). 왕징웨이 정부에서《원후이바오》사장으로 있다가 암살당했다. 작품에는《도시 풍경선》이 있다.

•••••• 중국 상하이 여성을 중심으로 한 도시 생활을 그린 중국의 만화가인 궈젠잉(1907~1979). 작품에는《모던 상하이》등이 있다.

"예, 당신의 소화불량은요?"

"많이 좋아졌어요. 간식을 덜 먹으려고요."

"1931년의 신발견이군요! 여성 혐오 바이러스는 위장병에 특효약입니다."

"그런데 정반대로 소화불량으로 인한 위의 분비물이 여성 혐오증의 주사제인 건 아닐까요?"

그랬다. 문제는 여기에 있었다. 다시 말해 이 위험한 동물에게 나는 좋은 사냥꾼인가, 불행한 양인가?

정말로 그녀를 만나는 일은 내 일과가 되었다. 때때로 게으름 때문에 다른 일을 생략하는 수가 생겼다.

매일 밤 나는 교정의 연못가에 앉아 그녀가 쑤저우 지방 사투리로 내뱉는 거짓말을 들었고 나 역시 이를 믿었다. 수면에 어른거리는 그림자를 바라보면서 나지막이 휘파람을 불면 그야말로 꿈을 꾸는 것 같았다. 그녀는 어린아이처럼 하늘의 별을 세었다. 하나, 둘, 셋……. 나는 꽃송이 같은 그녀의 입에 키스했다. 한 번, 두 번, 세 번…….

'인생에 무슨 쓸쓸함이 있겠는가? 인생에 무슨 고통이 있겠는가?'

지스 연기가 너울너울 춤추면서 달빛에 한데 녹아들었다. 그녀는 내 어깨에 기대 "다시 키스해줘요(Kiss me again)"를 연발했고 나는 또다시 키스했다. 네 번, 다섯 번, 여섯 번…….

어느덧 그녀를 보러 가는 일은 내 삶의 일부로 자리 잡았다. 내 삶은 샤워와 운동, 독서, 잠, 식사, 그리고 그녀를 만나러 가는 일로 구성되었다. 삶은 함부로 바꿀 수 있는 게 아니었다.

그런데 밑도 높은 이 연애를 어떻게 지속할 수 있을까? 이 속도라면 지구 세 바퀴를 돌고도 남을 정도였다. 이 초고속의 연애에서 그 속도를 잃게 되면, 그 자극적인 짜릿함마저 잃게 될 텐데, 그렇게 되면 자극을 추구하는 룽쯔가 이를 버리려고 들지는 않을까? 그 자극과 관련된 나마저도 버리려고 하지는 않을까? 그러면 또다시 심심풀이를 휘두르면서 살아가지 않겠는가! 그래서 현재까지도 심심풀이 찌꺼기들을 깨끗이 배설하지 않는 게 아닐까! 도식을 풀듯이 이런 결론에 도달하고 보니 정말이지 비극이었다. 이렇게 생각하면서도 어쩔 수 없이, 어느 날 밤, 그녀에게 편지를 썼다.

> 당신은 내 여성 혐오증을 치료해주었지만 동시에 신경쇠약증도 선물했습니다. 속전속결의 당신을 만났습니다! 속전속결과 같은 연애를 하면서 당신은 설마 같은 속도로 나를 버리지는 않겠지요? 이 생각을 하면 정말로 걱정이 앞섭니다. 말해봐요. 룽쯔, 당신이 나를 사랑하지 않는 날이 올까요?

이런 편지를 쓸 줄은 몰랐고, 나는 그녀의 포획물이 되었다. 나 역시 그녀에게 치근덕대는 거지로 전락하지 않았는가?

'위험해! 위험하다고!'

정말로 신경쇠약증에 걸린 내게 그녀의 답장이 날아들었다. "내일 저녁에 와요. 당신한테 말해줄게요." 전에 내가 그녀에게 했던 말투 그대로였다. 네슬레 초콜릿, 선키스트(Sunkist), 상하이 맥주, 군밤…… 내가 이런 것들이 아니길 바랐다.

다음 날 오후, 이런 생각을 떠올리자 왠지 우울해졌다. 룽쯔를 만나러 달려갔지만 이미 외출하고 없었다. 10만 톤의 무게가 마음을 짓눌렀다. 뜻밖에도 나는 이렇게까지 그녀를 신경 쓰고 있었다! 기숙사로 돌아오자 방은 텅 비었고 창밖 운동장에서는 개 한 마리가 쓸쓸하게 누워 내게 매력적인 눈짓을 보냈다. 중절모를 쓰고 ××길을 따라 러시아인이 만든 정원으로 걸어갔다. 뭔가 허전했는데, 함께할 아가씨가 빠졌기 때문이다. 그 아가씨를 지팡이처럼 지녔으면 적어도 걷기는 한층 편했으리라.

버드나무 그림자가 드리워진 곳에서 느릿느릿 노를 저으며 〈리오 리타(Rio Rita)〉•를 부르는 것은 시간을 보내는 좋은 방법이었다. 강둑에서는 마을을 관리하는 러시아인이 유유자적 보드카(Vodka)를 마시고 강렬한 러시아 담배를 피우면서

• 비비 대니얼스(1901~1971)와 존 볼스(1895~1969)가 주연한 미국 뮤지컬 코미디 영화.

나를 바라보았다. 강에는 흰 거위 두 마리가 물 위에 누워 사방에 둥근 물보라를 일으켰다. 물속에는 나무도, 파란 하늘도, 하얀 구름도 있고, 염소 한 마리도 불쑥 찾아들었다. 뒤돌아보니 아닌 게 아니라 녀석이 강둑에서 풀을 뜯고 있었다. 황량한 들판 쪽으로 노 저어 가서 갑판에 그것을 두고 반듯이 누워 한 손을 물에 담그고는 하늘을 올려다보았다. 배는 마치 아득히 먼 곳으로 흘러가듯 물길에 떠내려가게 내버려두었다.

귀여운 노랫소리가 들려왔다. 여자가 가장 높은 소리로 흥얼거리는 〈미뉴에트 G장조(Minuet in G)〉•는 마치 물에서 온 것 같다가 이번에는 은은하게 물안개 속에 깃든 듯했다. 하지만 이 노랫소리는 내가 아는 것으로 거짓말을 잘하는 입에서 나왔다. 점점 가까워지더니 노 젓는 소리가 들렸다. 나는 일어나 앉았다. 맙소사! 룽쯔였다! 그녀는 다른 남자의 어깨에 기댄 채였고, 그 남자는 꿈꾸는 듯한 눈으로 이쪽을 바라보았다. 가까워지고 가까워지더니 그 배가 스쳐 지나갔다!

"알렉시(Alexy)."

그녀는 저 멀리서 나를 불러 손을 흔들었다. 어깨에 두른 하얀 비단 손수건이 바람에 날려 뒤로 나부끼고, 그 사이로 그녀의 미소가 나타났다. 그녀를 무시했다. 여성 혐오 바이러스가 또다시 내 혈관에서 활개를 치는 듯했다. 필사적으로 노

• 요한 제바스티안 바흐(1685~1750)가 작곡한 클래식 음악.

를 저은 뒤 고개를 돌리고 싶지 않아서 갑판에 드러누웠다. 흘러라. 물길아! 흘러라. 거짓말하는 입이 없는 곳으로 흘러가라. 꽃송이 같은 입이 없는 곳으로 흘러가라. 기만하는 입이 없는 곳으로 흘러가라. 아! 흘러라. 아득히 먼 곳으로 흘러가라. 아무도 없는 곳으로 흘러가라. 꿈의 왕국으로 흘러가라. 내가 모르는 곳으로 흘러가라……. 하지만 뒤쪽에서 뻐꾸기 울음소리가 들려왔다! 흰 구름 사이로 고양이 머리가, 미소 짓는 부드러운 얼굴이, 하얀 비단 손수건이 머리 위에서 율동했다.

앉으려고 반쯤 일어나자 베고니아 꽃 같은 붉은 새틴 하이힐이 대뜸 내 몸을 뛰어넘더니 룽쯔가 내 옆에 앉아 새끼 새처럼 어깨와 팔꿈치에 매달려 있는 게 아닌가. 일어나 앉았을 때 그 배의 남자가 놀라 서서히 웃음기를 잃어가는 모습이 눈에 들어왔다.

"룽쯔."

"돌아가요."

그 남자는 잠시 멍하니 넋을 놓다가 노를 저어 떠나갔다. 그의 뒷모습은 점점 작아지고 있었지만 "나는 다른 사람이 차지한 아가씨의 소유물이죠(I belong to girl who belongs to the somebody else)"라고 부르짖는 우울한 목소리가 물결 위로 살랑살랑 흘러왔다.

"바보!"

"왜요?"

그녀는 갑자기 은방울 같은 웃음소리를 떨구었다.

"왜요?"

"물속 당신 얼굴을 좀 봐요. 화가 난 얼굴이잖아요!"

나도 웃었다. 그녀 같은 사람을 만나다니 정말 어쩔 수가 없었다.

"룽쯔, 당신은 나 한 사람을 사랑하는 게 아니군요!"

"내가 당신을 사랑하지 않았나요?"

"방금 그 남자는요?"

"초콜릿 사탕이잖아요. 아닌가요?"

'그녀가 그 남자의 배에서 내 배로 뛰어내린 걸 생각하면, 배설된 초콜릿 사탕 같은 얼굴을 한 그 남자를 생각하면……'

"그런데 룽쯔, 당신에게 날 사랑하지 않는 날이 있을까요?"

그녀는 내 어깨에 머리를 얹고 탄식하듯 말했다.

"당신을 사랑하지 않는 날이 있을까요?"

그녀가 고개를 들어 내 머리를 쓰다듬어주었으므로 나는 다시 그녀의 거짓말을 믿었다.

돌아가는 길에, 나는 즐거웠다. 어쨌든 심심풀이가 아니지 않은가!

사흘이 지났을 때 새로운 욕망이 내 안에서 싹을 틔웠다. 그녀의 변비를 치료하자 싶었다. 그녀가 찌꺼기 앞에서 그들을 사랑한다고 말하게 내버려두고 싶지 않았다. 내 말을 듣지 않는다면, 그건 나 한 사람을 사랑하는 게 아니므로 그만두는 게 낫지 싶었다. 이렇게 가다가는 신경쇠약 증세가 더 심해지고 말 것이다. 이렇게 결정하고는 그날 밤 룽쯔에게 말했다.

"그 찌꺼기들은 배설했겠죠!"

"또요?"

"자주 외출하지 말아요!"

"또요?" 그녀는 불쑥 웃었다.

"왜 웃어요?"

"당신도 바보가 되었군요!"

그녀의 웃음소리에 돌연 화가 치밀었다. 증오의 눈빛으로 그녀를 노려보고는 가버리자 마음먹었다. 룽쯔야말로 날 어린아이 취급 했다! 룽쯔가 달려와 나를 가로막고는 머리를 살짝 들었다. 오옥 같은 커다란 눈동자와 긴 속눈썹으로…… 내 옷깃을 잡았다.

"날 원망해요?"

무엇인가를 잃어버릴까봐 두려워하는 듯 나를 바라보았다.

"아니에요, 룽쯔."

룽쯔는 발끝으로 선 채 고양이를 안은 것처럼 터치(Touch)했다. 그녀의 말에는 거짓말임을 알리면서도 이를 믿게 하는 두 겹의 의미가 있었다. 그녀 앞에서 나는 과녁처럼 뻣뻣하게 누워 있었다. 무슨 수로 저항할 수 있겠는가! 하지만 겉으로는 이 위험하고 귀여운 동물이 내게 굴복당한 것처럼 보였다. 나는 스스로 좋은 사냥꾼이라는 자부심에 도취돼 즐거워했다.

룽쯔는 두 주 넘게 외출을 삼갔다. 그녀는 겨울 벽난로 앞 카펫에 쪼그리고 앉은 고양이처럼 내 앞에서 웅크렸고 나는 유순한 그녀가 놀라웠다. 주말(Weekend)에도 나와 함께 축음기를 가지고 다니면서 학교 주위를 맴돌며 소풍(Picnic)을 즐겼다. 부들부들한 풀 위에 누운 그녀는 늦봄의 바람을 맞으며 노래하고 밀이 자란 들판을 어린아이처럼 달렸고, 무덤 꼭대기에 앉아 지평선 아래에 파묻힌 태양을 보았으며, 들판에서 들려오는 뻐꾸기의 울부짖음을 들었고, 웃었으며, 저 멀리 성당의 탑 끝을 가리키면서 내게 기댔으며…… 나는 행복했다. 부드러운 손과 총명한 웃음, 스무 살 청춘의 온 마음을 다해 그녀를 사랑했다.

그러나 좋은 사냥꾼이 들짐승에게 굴복당하는 날이 찾아왔다.

토요일 오후에 그녀가 편지 한 통을 보내왔다.

> 오늘은 파티(Party)에 가야 해요. 당신은 외출하지 말아요. 난 저녁에 돌아와요. 당신은 댄스홀에 가려고 외출하는 거잖아요. 하지만 난 다른 아가씨를 안는 당신을 알고 싶지 않아요.

밤에, 그녀의 창문 앞에서 뻐꾸기 울음소리를 흉내 냈다.

왁자지껄한 웃음소리가 불그스름한 불빛을 타고 커튼 사이로 새어 나왔지만, 삼십 분을 기다려도 세레나데를 부르며 '알렉시(Alexy)'라고 부르는 목소리는 듣지 못했다. 그녀가 외출했다는 사실을 모르지 않았다. 맥주와 땅콩처럼, 초콜릿 사탕과 선키스트(Sunkist)처럼…… 심심풀이가 된 남자들의 얼굴이 하나하나 내 환상 속에서 둥둥 떠다녔다. 교문 앞 다리에 나가 그녀가 돌아오기를 기다리면서 그녀를 바래다주는 남자의 면면을 볼 심산이었다. 밤에 여자친구를 데려다주려고 오토바이에 앉은 그 남자가 얼마나 대담한지는 익히 알던 바였다.

다리 위 네 개의 등, 수면에 어른거리는 어슴푸레한 불빛, 나는 말없이 앉아 있었다. 차 한 대가 길 위를 달려오면서 가로수의 그림자를 비추고 지나갔다. 방향을 꺾어 학교로 오는 차는 한 대도 없었고, 결국 교문 밖 밤길을 걷던 연인들도 죄다 돌아섰다. 나를 아는 이들의 의아해하는 눈빛, 네 쌍, 또 네 쌍이 내 앞에서 번뜩였다. 저 너머 기숙사 창문에서는 색소폰(Saxophone)이 나를 향해 외쳤다.

"사랑할 수 있을 때 사랑하세요! 여자의 마음과 장맛비가 날리는 날씨는 예측할 수 없어요." 입을 쫙 벌리고 우우 소리를 내질렀다. 남의 품에 안긴 룽쯔를 생각하면 정말로 심장이 도려내지는 듯했다. 교정 전체가 소등된 뒤 황량한 달빛을 밟으며, 가을바람 속 낙엽처럼 바스락대며 홀로 되돌아올 때는 묘지를 향하는 것처럼 우울했다…….

일요일 아침, 밥을 먹고 잔디밭에 앉아 《신보》의 화보를 보고 있을 때, 잠을 제대로 자지 못한 친구가 학교 밖에서 돌아와서는 칵테일(Cocktail)에 얼근얼근하게 취한 눈을 뜨고, 왈츠의 여운이 가시지 않은 다리로 서서 웃으며 말했다.

"어제 룽쯔가 '파리'에서 미친 듯이 춤을 추더라고. 오, 유감이야(Oh, Sorry). 그녀 주위에 물풀처럼 떠다니던 수많은 남자가 그녀를 떠받들고 싶어서 어찌나 애걸복걸하던지!"

4~5시가 되었을 때 룽쯔의 편지가 또다시 날아들었다. 운명을 손에 맡기고 읽었다.

"어쩔 수 없었어요. 어젯밤 파티(Party)가 너무 늦게 끝나는 바람에 돌아올 수 없었어요. 오늘은 꼭 돌아갈 거예요. 기다려줘요."

교문 앞에 서서 마지막 버스(Bus)가 학교 안으로 들어올 때까지 기다렸지만, 그녀는 나타날 기미를 보이지 않았다. 나는 친구들과 상하이로 갔다. 울퉁불퉁한 길에서 덜컹거리는 차가 몸을 짐짝처럼 흔들어대고 그런 몸이 신경을 교란했다. 댄스홀에서 그녀와 마주칠지도 모른다고 생각하니 심각한 신경쇠약에 걸린 것처럼 신경이 올올이 곤두섰다.

먼저 '파리'에 들렀지만 그녀는 없었다. 재즈(Jazz)풍을 시작으로 춤의 숲을 들쑤시고, 웃음의 파도에 휩쓸리면서 댄스홀 순례를 마쳤지만 그녀는 여전히 보이지 않았다. 다시 '파리'

로 돌아와 11시가 넘도록 정신 줄을 놓고 춤을 추다가 룽쯔를 보았다. 야릇하게 차려입은 그녀는 초콜릿 사탕 같은 남자들을 주렁주렁 달고 들어왔다.

그래서 내 발은 댄서의 신발을 밟는 것도 모자라 다른 사람과 부딪쳤다. 의기소침해진 나는 그곳에 앉아 어떻게 대처할지를 궁리했다. 룽쯔는 우리와 멀지 않은 테이블에 앉아 있었다. 그녀를 등지고 술로 스스로의 감각을 마취했다. 현란하게 춤추며 그녀가 보는 앞에서 버젓이 댄서에게 다정다감하게 키스를 퍼부었다. 술에 취해 벌겋게 충혈된 눈을 하고서 정신이 나간 사람이 되었다. 탁자에 돌아오자 웨이터가 사과로 눌러놓은 종이 한 장을 건넸다.

> 무엇 때문에 이래요? 바보가 따로 없군요! 이 사과 먹고 정신 좀 차려요. 발광하는 당신 눈을 보는 게 고통스러워요.

고개를 돌리자 오옥 같은 커다란 눈동자가 나를 애틋하게 바라보았다. 나는 머리를 술잔 사이에 박았고 그녀를 호되게 꾸짖고 싶었다. 폭스트롯(Fox-trot)• 선율이 번쩍이는 바닥에서 미끄러졌다.

"알렉시(Alexy)?"

• 1910년대 초기에 미국에서 시작한 사교 춤곡으로, 비교적 템포가 빠른 곡.

그녀가 춤을 추며 내 테이블로 오자 나는 벌떡 일어나 똑바로 섰다.

"당신 갈 길이나 가. 기만하는 입, 거짓말하는 입!"

"친구, 신사(Gentleman)답지 않은 태도잖아. 당신 자신을 좀 보라고. 화난 곰 같으니라고……." 그녀와 함께 온 남자가 나를 비웃는 듯 우스꽝스러운 표정을 지었다.

"꺼져, 새끼야. 무슨 상관이야."

"이 새끼가(Yuh)." 철썩! 그의 손바닥이 내 뺨에서 소리를 냈다.

"무슨 좋은 수가 있는지 말해봐(Say What's the big idea)?"

"안 돼, 알렉시, 그러지 마. 어머나(No, Alexy Say no, by golly)!" 룽쯔는 당황하며 내 팔을 잡아당겼지만 나는 그녀를 밀쳤다.

"진심은 아니겠지만(You don't meant)……."

"난 진심이야(I mean it)."

내가 잽싸게 주먹을 날리자 남자가 바닥에 쓰러졌고, 룽쯔는 사람을 때리는 날 보고는 무표정한 얼굴로 쌀쌀맞게 테이블에 앉았다. 친구들이 나를 끌고 나갔다. "끝났어(I'm through)"라고 말할 때의 나는 오히려 죄를 지은 것처럼 바보짓을 한 스스로가 부끄러웠다.

사흘 연달아 집에 틀어박혀 침대 옆에서 아우구스트 스트린드베리•의 글을 옮겨 쓰고, 여성 비하의 글을 읽으며, 가부장제를 격렬하게 외쳤다…….

"잊어! 그녀 따윈 잊어버려!"

하지만 거짓말을 할 줄 아는 룽쯔를 잊을 수 있을까? 그녀가 거짓말을 할 줄 몰랐다면 나는 진작 잊었으리라. 어쨌든 같은 학교에 다니는 거짓말을 할 줄 아는 입을 날마다 안 볼 수는 없는 노릇이었다. 나를 대하는 그녀의 얼굴에는 그저 냉담한 코만 두드러졌다. 그녀는 일주일 동안 나를 무시했다. 하지만 발은 여전히 베고니아처럼 사랑스러운 붉은 새틴 하이힐 위에서 춤추고, 입고 있는 붉은 비단의 긴 치파오는 살랑거리는 바람을 맞은 듯 자락을 펄럭였다. 그녀는 여전히 부드러움과 위험이 뒤섞인 혼합물로 고양이의 머리와 뱀의 몸을 하고 있었다…….

월요일 기념행사에서 그녀와 마주칠까봐 감히 앞으로 갈 엄두를 내지 못한 채 강당 꼭대기 뒤에 섰다. 그녀도 꼭대기 뒤쪽으로 와서 서서 별일 없었다는 듯 히죽히죽 웃었다. 나는 매 맞는 듯한 얼굴을 한 채 용서를 구하듯 바라보았다. 반소매 밖으로 노출된 팔은 일찍이 내 옷깃에 올라탄 적이 있었는데. 그녀는 고개를 돌려 내 얼굴을 바라보면서 웃는 듯했지만 나는 울고 싶은 심정이었다. 학우들이 나를 보고 묻고는

● 스웨덴의 소설가이자 극작가인 아우구스트 스트린드베리(1849~1912)는 입센과 더불어 근세 북유럽의 세계적 대문호로, 여성을 증오하며 입센 일파의 여성주의 주장에 정면으로 반대한 것으로도 유명하다.

그녀에게 달려가 물었다. 그러다 사람들의 시선이 일제히 내게 꽂히자 나는 절반밖에 지나지 않은 행사를 뒤로하고 뛰쳐나올 수밖에 없었다.

다음은 근대사 수업 시간으로, 내 자리는 공교롭게도 또다시 그녀의 옆이었다. 안경을 쓰고 왼쪽 어깨를 으쓱하는 강사는 산업혁명 연구로 유명한데 마침 그 장에 관해 이야기하는 날이었다. 종이 위 연필의 마찰은 침을 튀며 말하는 강사의 속도에 맞춰 율동했고, 나는 종이에 "기만적인 입아, 기만적인 입아……"라고 반복해서 썼다.

그녀는 웃었다.

"룽쯔!"

빨간 입술은 닫힌 조개 같았지만 나는 종이에 "거짓말하는 입, 하지만 나는 당신의 거짓말을 믿고 싶습니다! 당신의 귀여운 거짓말을 내게 다시 들려줄 수 있습니까?"라고 써서 건넸다.

"수업이 끝나면 ××길 잔디밭에서 기다려줘요."

나는 그녀의 쪽지에 정신을 빼앗겼지만, 그녀는 더는 알은체하지 않았다.

수업이 끝나자마자 그곳으로 달려갔다. 이미 여름이었다. 허리까지 자란 밀밭은 황금빛으로 물결쳤고 풀은 웃자랐다. 드넓은 들판 곳곳에 햇살이 넘실거렸고 어디에서 왔는지 뻐꾸기 울음소리가 4월의 농촌을 갈랐다. 나는 판결문을 기다리는 살인자처럼 잔디에 앉아 기다렸다. 시간은 멈췄고 그녀는 오지 않았다. 다시 울려 퍼진 학교의 종소리가 밀밭 사이를 배회하다가 농가의 밥 짓는 연기 속으로 녹아들었다. 그러자 날아다니는 비둘기처럼 나타났다. 통 넓은 흰 비단 바지(Pyjamas)를 입고 흰 비단 매듭 밑에서 탱고(Tango)를 추는 머리카락의 룽쯔는 수련을 연상시켰다.

"그날 당신은 내가 그 남자와 춤추는 걸 원치 않았죠?"

단도직입적으로 이렇게 솔직하게 내 죄상을 언급하다니, 죄를 인정하는 것 외에 별다른 여지가 없었다. 고개를 들어, 꼿꼿이 선 판사의 선처를 기다리는 눈빛으로 그녀를 바라보았다.

"그런데 그런 일에 당신이 감 놔라 배 놔라 할 수 있어요? 왜 그렇게 바보 같은 짓을 했죠? 당신 말은 듣고 싶으면 뭐가 됐든 들을 거고, 듣고 싶지 않아도 내게 복종하라고 강요할 수는 없어요. 알겠어요? 며칠 전에 당신이 어찌나 바보같이 구는지, 무시할 수밖에 없었는데 오늘 보니 조금 똑똑해진 것 같네요. 기억해요……." 그녀가 형법 규정을 낭독하는 동안 나는 그저 땅바닥에 누워 그녀의 발에 키스하는 수밖에 없었다.

그녀도 자리에 앉아 내 머리를 자신의 무릎에 얹고는, 내 흐트러진 머리를 쓸어 올리며 부드럽게 말했다. "기억해요. 내가 사랑하는 사람은 당신이에요, 베이비. 하지만 내 행동에 간섭할 수는 없어요." 그러고는 내게 살며시 키스했다. 나는 눈을 감은 후 살짝 웃었다. "룽쯔." 이렇게 부르며 행복에 젖어 들었다. 하지만 이 행복은 용서받은 범죄자의 것이었다. 결국 나는 그녀의 포획물이었다!

"설마 당신은 아직도 여자가 한 사람에게만 숭배받아야 한다고 생각해요? 사랑은 한 사람하고만 할 수 있지만 심심풀이는, 도구는 얼마든지 가질 수 있어요. 당신 주머니에 여자들의 사진이 없는 건 아니겠죠?"

"아, 룽쯔."

이날을 시작으로, 그녀는 많은 사람의 숭배를 받는 데 거리낌이 없었고 나는 사자에게 사랑받는 한 마리 양이 된 듯한 행복을 누렸다. 나는 저항할 힘을 잃었고 그녀는 결국 나의 외출 횟수를 멋대로 제한했을 뿐 아니라 지녁 9시가 되기 전에 그녀의 창가로 가서 뻐꾸기 울음소리를 흉내 내 도착을 알려야 했다. 그렇다면 이런 제한이 싫은가? 아니, 8시 30분에 시속 64킬로미터로 달리는 차를 타고 학교로 돌아와 그녀의 창가로 가서 보고하는 것 역시 나 같이 충실(fidelity)한 사람에게는 기쁨이었다. 다만…… 그녀는 키스마저도 제한했다. 그렇다 한들 사자 앞의 순한 양에게 무슨 뾰족한 수가 있겠는가. 한 송이 꽃 같은 키스를 위해서라면 피 한 방울마저도 마다하지 않겠지만 말이다.

기억하기로 어느 날 밤, 학교 밖에서 숭배를 받고 돌아온 그녀는 자줏빛 모직 치파오를 입고 있었다. 치장에는 진보적 전문가였다. 비단옷을 입으면 장어 같다고 느끼는 남자들의 면전에서 그녀는 오히려 옷의 질감을 통해 부드러운 느낌을 발산했다. 예의 그 세레나데를 부르며 구름처럼 걷는 사람은 룽쯔였다. 은빛 달빛 아래, 은자줏빛 날개를 가진 큰 밤나방처럼 고요하고 나른하게 날개를 퍼덕이며 4월의 숨결과 사랑의 향기, 황금빛 꿈을 실어 날랐다. 이 커다란 밤나방을 잡아 검붉은 탠지(Tangee)를 칠한 그녀의 입을 삼키고 싶었다. 큰 밤나방은 머리의 제비꽃을 내 입에 꽂고는 내 팔에서 날아가 버렸다. 꽃을 입에 머금은 나는 나풀나풀 날아가는 그녀를 보았다. 하이힐의 멋진 밑창이 밤하늘에서 춤을 추었고 밤하늘은 그녀의 웃음소리에 몸을 떨었다. 내가 다시 붙잡았을 때 그녀는 내 품에 숨어서 웃었고, 나는 정말이지 키스하고 싶어 안달이 났다.

"룽쯔, 자줏빛 키스 한 송이 줘요."

"자줏빛 키스는 욕심꾸러기에게 주지 않죠."

나는 그녀를 속이고 몰아붙이며 애원하고 유혹했지만, 그녀는 내내 내 품에 숨어 있기만 했다. 눈치가 쥐보다 빨라 내 품에서 나로 하여금 입을 놀릴 수 없게 하는 바람에 키스는 쉬이 성사되지 않았고 시간은 그렇게 흘러갔다.

"룽쯔, 만약 내가 당신을 속여 성공적으로 키스하게 되면 이번 주에는 매일 밤 세 번의 키스를 해줘야 합니다."

"그렇게 해요. 다만 이번 주 내로 성공하지 못하면, 방학 전까지는 키스해달라고 졸라서도 안 되고 매일 백 마디 참신하고 색다른 말로 날 추켜세워야만 해요."

나는 세계대전보다 격렬한 전쟁에 돌입했다. 하루 세 번의 키스 대 매일 백 마디의 참신하고 색다른 칭찬, 전략을 결정하기도 전에 주제넘게 전쟁을 선포한 셈이었다. 그녀가 떠나간 자리에 가시지 않은 은은하고 따뜻한 향기가 내 주위를 감쌌고, 그것은 우리의 애무에서 태어난 미묘한 유기체였다. 사랑의 향기가 머무는 이곳에서 그녀를 내 품에 안겨줄 새로운 밤이 찾아오기를 기다렸다. 새로운 밤이 찾아왔지만 말은 커녕 사흘 연달아 보러 가지도 않았다. 나흘째 되는 날 그녀의 손을 잡고 우수에 찬 얼굴로 시큼시큼하고 왕방울만 한 눈물을 뚝뚝 떨어트렸다.

"룽쯔!" 나는 연극을 하는 듯했다.

"오늘 왜 이래요? 우울해요?"

"뭐라고 해야 할까요. 생각지도 못한 일입니다. 당신을 더는 사랑할 수 없습니다! 내게 키스해줄래요. 마지막 키스!" 승패가 결정되는 순간, 내 가슴은 두방망이질 쳤다.

그녀가 내 목에 팔을 두르고 키스했다. 그녀는 오옥 같은 커다란 눈동자에 광채를 번뜩이며 웃었다. 발끝을 세우고 한 번, 두 번, 세 번, 키스했다.

"똑똑한 베이비!"

매일 밤 보랏빛 탠지(Tangee)를 먹으면서 흡족하게 보낸 한 주였다. 하지만 나날이 더워지는 날씨에도 그녀의 입술은 하루가 다르게 차가워졌다. 이제 곧 방학을 알리는, 등록처 게시판에 붙은 시험 시간표로 인해 내 심장은 쪼그라들었다.

"룽쯔, 나에 대한 사랑이 점점 식어가겠지요?"

"바보군요!"

이런 일은 묻지 않아도 되었다. 노련한 사람이라면 여자들이 진실을 말할 것이라고 기대하지 않을 테니까. 물어보면 알려주겠는가? 바보! 설마 내가 그녀의 심심풀이는 아니겠지? 매일 밤 키스하지 않았는가?

그녀가 참석하려고 하는 파티는 점점 더 많아지고, 그녀와 함께 있는 시간은 점점 더 줄어들어 나는 우울에 허우적거렸다. 그녀가 여기서 누구와 놀고 저기서 누구와 노는지, 사람들의 보고가 수시로 내 귀에 흘러들었다. 사람들은 학기말시험에 전전긍긍해서 내 얼굴이 굳어지는 줄 알았지만, 시험 기간이 길어지면 길어질수록 좋다고 여길 줄 누가 알았겠는가. 이제 곧 방학이라는 생각만으로도 학습 능력마저 박탈당했다.

"부잣집에서 태어났다는 이유만으로 고생스러웠어요. 내 마음대로 할 수 있는 게 아무것도 없었거든요. 애인 하나 지켜줄 수 없었어요. 상하이에서 난 아버지가 보낸 사람에게 감시를 받고 있어요. 당신 자신의 재산과 문하생을 감시하듯이 말이죠. 맙소사! 아버지는 내 신랑감을 찾느라 동분서주해요.

머리를 빗어 올리고 폭이 넓은 넥타이를 맨, 웃는 남자의 사진이 일주일에 두세 장씩 날아들어요. 내 방에서 화장품보다 많은 사진을 찾아내 당신에게 보여줄 수 있어요. 내게는 오빠가 둘 있고, 만날 때마다 박사와 석사를 데려오죠. 그들은 하나같이 콧수염을 깎고 얼굴을 파랗게 면도한 중년이죠. 모두 경멸병에 걸린 사람들이에요. 한번은 시청에서 열리는 음악회에 가는데 세상에 수염을 깎지 않았더군요. '화장하는 당신을 기다리는 동안 이렇게 자랐다'면서 날 조롱했어요."

"그러면 당신은 왜 아직 약혼을 하지 않습니까? 박사, 석사, 교수, 기회는 얼마든지 있었는데 말이죠?"

"난 그들을 그저 심심풀이로 삼고 싶었을 뿐이죠. 그런데 요즘 뭔가 이상해요. 아버지는 마치 떨이로 팔아치우려는 듯 날 시집보내지 못해 안달해요. 날 사랑하지 않는 걸까요? 왜 사랑하는 딸을 시집보내지 못해 전전긍긍하는지 정말 모르겠어요. 평생 함께 살면 좀 좋아요? 결혼도, 남편도, 자식도, 집안일도 죄다 겁나요. 내 청춘을 잃어버릴까봐서요. 그런데 왜 결혼해야 하죠? 하지만 지금은 어쩔 수 없어요. 아버지는 당신 말을 안 들으면 다음 학기 상하이에서 공부할 수 없게 만들겠다고 몰아붙여요. 결혼 상대는 못생기고 멍청한 사람으로 골라야지, 똑똑한 남편은 아내가 맘대로 휘두를 수 없잖아요. 내가 좋을 때는, 사랑하고 싶으면 사랑하고, 안 좋을 때는 날 건드리지 못하게 하고요.

사랑스러운 애인, 못생긴 남편, 질리지 않는 심심풀이…… 이렇게 짜인 생활은 외로울 새가 없지 않겠어요……."

"약혼하고 싶습니까?"

룽쯔는 침묵한 채 아랫입술을 깨물며 나지막이 세레나데를 불렀다. 하지만 갑자기 눈물을 뚝뚝 떨구었다. 진주 같은 것이 한 방울 또 한 방울 흘러내렸다…….

"아닌가요?"

나는 추궁하고 있었다.

"그래요. 한 은행가의 아들이 내가 뭐라도 되는 듯 날 숭배해요. 내 남편이 되기만 하면 만족할 것처럼 날 떠받들죠. 작고 뚱뚱한 그 남자와의 약혼식에 당신은 뭘 선물할 건가요?"

대화의 실타래는 여기서 뚝 끊겼고 걱정과 의심, 생각과 슬픔…… 등이 폭탄주처럼 뒤죽박죽 내 마음을 휘저었다.

룽쯔는 달빛에 서 있었다.

"방금 한 말은 다 거짓말이에요. 난 오래전에 약혼했어요. 약혼자는 미국에 있고 이번 여름에 돌아올 거예요. 그는 매우 강인한 사람으로 국내에 있을 때 학교의 축구 대표 선수였어요. 항상 내 머리를 쓰다듬어주면서 날 여동생으로 불렀었죠. 그가 돌아오면 소개해줄게요."

"약혼한 지 오래됐다고요?"

"왜요? 놀랐군요! 거짓말이에요. 난 약혼한 적도 없고 약혼하고 싶지도 않아요. 허둥대는 당신의 표정 좀 봐요! 여자가 순간적으로 생각해낸 말을 죄다 진지하게 받아들인다면, 미치광이가 되지 않겠어요?"

"난 진작 미쳤어요. 봐요, 이렇게……."

나는 뒤도 돌아보지 않고 불쑥 잽싸게 달려갔다.

시험은 끝났고 그녀는 병이 났다.

의사는 사탕을 너무 많이 먹으면 위가 약해져서 소화가 안 된다고 했다. 나는 6월의 태양 아래 자전거로 4킬로미터를 달려 ××대학에 가서 그녀의 단짝 친구를 찾아 데려왔다. 외로울까봐 침대 옆에 놓아주려고 상하이로 가서 제라늄 한 다발도 샀다. 밥을 먹은 뒤 그녀의 기숙사 앞에 맨머리로 서서 감히 아무 말도 할 수 없었다. 내 머리 위에 떠 있는 태양을 보고 내 얼굴을 비추는 태양을 보며, 담장으로 이동하는 태양을 보고 지붕 능선 뒤로 숨은 태양을 보며, 밀 추수가 끝난 들판 아래로 가라앉은 태양을 보았다. 흰 커튼 안에서 평화롭게 자는 룽쯔를 바라보면서 몸이 소금물에 흠뻑 젖었다는 사실도 잊었다.

꿈속에서조차 룽쯔를 걱정하면서, 병으로 살이 빠져 오옥 같은 큰 눈동자가 움푹 팰까봐 안절부절못했다.

이튿날 그녀를 만나러 달려갔지만 그녀의 룸메이트들은 떠나고 없고 침대 위 이불은 어지럽게 널브러지고 하얀 제라늄은 고개를 떨군 채 쓸쓸하게 시들어 있었다. 하지만 익숙한 큰 눈동자와 알렉시라고 부르던 귀여운 목소리는 찾을 수 없었다. 아주머니에게 물어보고서야 그녀의 아버지가 와서 데려갔다는 사실을 알았다. 나는 다시는 그녀를 볼 수 없을까봐 걱정이 앞섰다.

창밖에서 한참을 멍하니 서 있는데 쏴쏴 비가 날렸다.

빗속에서, 낙엽을 밟는 소리처럼 천천히 되돌아왔다. 짐을 가득 실은 자동차들이 사람과 함께 덜컹거리며 속속들이 교문 밖으로 내달렸다. 황량한 운동장을 배회하고 또 배회했다. 길고 긴 석탄재 길과 구릿빛 가로등, 물풀이 떠다니는 연못, 넓은 들판은 내 사랑 룽쯔의 웃음이 묻힌 곳이었다.

그녀는 저녁이 되어서야 돌아왔다.

"내일 집에 가려고 부러 짐 정리하러 왔어요."

나는 말없이 마주 앉아 있다가 그녀들의 숙소로 가서 문을 잠그고 다시 그녀의 창문 앞에 섰다. 밖에는 비가 오고 있었고 나는 바로 빗속에 서 있었다. 그녀는 정말로 말랐고 그 큰 눈동자가 우수에 젖은 채였다.

"룽쯔, 왜 우울해하죠?"

"왜 그러냐고요?"

"말해줘요, 룽쯔. 요즘 당신은 날 사랑하지 않는 것 같은데 대체 날 사랑하긴 합니까?"

"그건 왜 묻죠?"

시간이 지났다.

"당신은 날 사랑하죠? 영원히 날 사랑할 거죠?"

"그래요, 룽쯔. 내 온 마음을 다해서요."

그녀는 창문의 창살 사이로 내 목을 껴안고 키스했다. "그럼 영원히 날 사랑해줘요." 그러고는 조용히 고개를 숙였다.

돌아가는 길에 나는 그제야 비에 등줄기가 흠뻑 젖고 저녁도 먹지 못했다는 사실을 깨달았다.

다음 날 아침 강의실 돌계단 앞에서 또다시 룽쯔를 만났다.

"또 봐요!"

"그래요. 잘 가요!"

그녀는 가을 낙엽처럼 흩날리는 가랑비 속에서 짙푸른 기름종이 우산 아래로 한 걸음 또 한 걸음 귀여운 빨간 새틴 하이힐을 밟으며 떠나갔다. 고개를 돌려 마치 무슨 말을 하려는 듯 시선을 던지고는 잦아드는 목소리로 세레나데를 부르며 버들가지 속으로 점점이 걸어 들어갔다.

그곳에 선 내게 가랑비는 슬픔을 안겨주었다.

한참 후, 그녀의 창문 앞으로 달려가자 기숙사 안 사람들이 다 떠나고 없는 방은 빈 침대와 책상뿐이었다. 벽에 박힌 사진 속 클래라 보는 쓸쓸하게 웃고, 제라늄은 마룻바닥에 아련히 누워 있었다. 밀 추수가 끝난 들판에서 뻐꾸기 울음소리가 날아들었다. 그것을 흉내 낸 나의 외로운 울음소리는 방 안을 한 바퀴 맴돌다가 사라졌다.

6월의 가랑비를 맞으며 석탄재 길을 바스락바스락 걸어 나온 뒤 뒤돌아보니 버들가지는 이미 황혼과 뒤섞여 있었다. 나는 기념(Souvenir)의 가락을 휘파람으로 불면서 상하이로 가는 마지막 버스(Bus)에 올랐다.

여덟 통의 편지를 썼지만 한 통의 답장도 받지 못했다. 길에서 미친 듯이 눈을 휘둥그레 뜨고, 붉은 옷을 입은 아가씨들을 일일이 훑었지만, 심장이 입에서 튀어나올 듯 달려가 보았지만, 그녀는 아니었다! 그녀가 아니었다! 댄스홀에서 조용히 앉아 춤추는 발들을 바라보면서 아주 예쁜 모양의 빨간 새틴 하이힐을 신은 그 발, 귀여운 그 발을 찾고 싶었다. 발을 볼 때마다 붙잡았지만 그녀는 아니었다! 그녀가 아니었다! 리오 리타 마을로 가 강에서 천천히 노를 저으며, 수면에 나부끼는 노래에 귀를 기울이며, 그 나지막한 세레나데의 가락을 듣고 싶었다. 하지만 그녀는 없었다! 그녀가 없었다! 파티에서 모든 눈동자를 살펴보면서 동양의 비밀을 감춘 듯한 익숙한 검은 눈동자를 찾고 싶었다. 갈색 눈, 긴 속눈썹을 가진 눈, 말할 줄 아는 눈들은 하나같이 탐색하는 내 시선 아래에서 당황했다. 하지만, 그녀는 아니었다! 그녀가 아니었다. 집에서, 한 시간마다 우편함을 확인하고 편지를 받을 때마다 떨리는 마음으로 빙글빙글 춤추는 클래라 보 같은 글씨를 찾고 싶었다. 하지만, 그녀는 아니었다! 그녀가 아니었다! 내 이름이 불릴 때마다 늑대처럼 귀를 쫑긋 세우고, 알렉시(Alexy)라고 부르는 갈망해마지않는 소리를 듣고 싶었다. 하지만, 그녀는 아니었다! 그녀가 아니었다! 꽃같이 거짓말을 하는 입, 기만하는 입을 곳곳에서 찾아다녔다. 하지만, 그녀는 아니었다! 그녀가 아니었다…….

그녀는 어쩌면 고모 집에서 머물게 될지도 모른다고 알려주면서 고모는 징안쓰로에 산다며 정확한 번지까지 알려주었다. 결국 나는 그녀를 찾아가기로 결심했고, 그녀의 고모에게 모욕이나 문전박대를 당할지도 모르지만 그저 룽쯔를 한번 보고 싶었다. 작열하는 6월의 태양 아래 징안쓰에서 경마장까지 걸어갔다가, 되돌아서 다시 이쪽까지 걸어왔다가 다시 거기까지 갔지만, 그런 번지의 집은 존재하지도 않았다. 6월의 태양 아래 네다섯 날 연달아 그곳을 헤매다가 그만 몸져누웠다.

나는 앓으면서 '그녀는 상하이에 없을지도 몰라'라고 스스로를 다독였다.

라오랴오라는 친구가 졸업해서 쓰촨으로 돌아갈 때 그를 배웅하러 배에 올랐다.

"어젯밤에 룽쯔가 네가 아닌 남자와 '파리'에서 춤추는 걸 봤어……."

나는 머릿속에서 미세한 균열이 이는 소리를 들었고, 그 뒤에 배웅하는 또 다른 친구가 와서 같은 말을 했다. 그들은 모두 나를 속속들이 아는 내 친한 친구들이었다.

"됐어. 잊어버려! 결국 후회뿐이잖아(After all, it's regret)!"

이렇게 타이르는 말을 듣고 배설된 초콜릿 사탕 부스러기 같은 웃음을 터트렸다. 라오랴오가 기타(Guitar)를 퉁기자 달빛 스러지는 황푸강의 물에는 금빛 비늘이 일었다. 나는 잠자코 있었다.

'과연 심심풀이였어!'

돌아올 때, 나는 스무 살의 젊은 마음을 다해 슬픔에 잠겼다.

'외로운 남자는 지팡이를 사야지.'

다음 날, 나는 지팡이를 샀다. 그것은 지스와 함께 한 걸음 또 한 걸음의 인생 여정에 늘 함께하는 반려가 되었다.

상하이 폭스트롯

상하이, 지옥 위에 세워진 천국!

상하이 서쪽, 하늘 끝에 기어오른 휘영청한 달이 드넓은 들판을 비춘다. 옅은 잿빛 들판에 은빛 달빛이 깔리고 이어 짙은 잿빛 나무 그림자와 한 무더기, 또 한 무더기의 마을 그림자가 박힌다. 철로가 들판에서 호선을 그리며 하늘을 따라 저쪽 수평선까지 일직선으로 쭉쭉 뻗어나간다.

링컨 로드(이곳에서 도덕은 발밑에 짓밟히고 죄악은 머리 위로 높이 떠받든다).

밥 바구니를 들고 홀로 그곳을 걷는다. 한 손은 바지 주머니에 찔러 넣은 채 자신의 입에서 나오는 입김이 서서히 짙푸른 밤빛 속으로 흩어지는 것을 지켜본다.

검은 비단 장괘자•를 입고 그 바깥에 검은 대괘자••를 입은 세 사람의 그림자가 번쩍인다. 중절모 아래에 코와 턱만 보이는 세 얼굴이 앞을 가로막는다.

"잠시만, 친구!"

"하고 싶은 말 있으면 해보라고, 친구!"

"복수를 하려면 원수를 찾아야 하고 빚을 받으려면 빚쟁이를 찾아야겠지. 오늘은 친구를 괴롭힐 생각이 없어. 우리도 각자 딸린 식구들이 있으니 먹고살아야 하잖아. 나중에 친구도 아니라며 원망하지 말고. 내년 오늘이 1주년이 될 거야. 기억해!"

"웃기시네! 우리가 언제 친구였다고." 밥 바구니를 던지고 한 손으로 상대의 총을 움켜쥔 뒤 주먹을 날린다.

펑! 손이 풀리고 쓰러지고 배가 짓눌린다. 펑! 또다시 한 방이 날아든다.

"이 자식! 대단한데!"

"우리 이번 생에서 또 보자고, 친구!"

'검은 비단 장괘자'는 중절모를 머리 위로 비껴 올린 뒤 철길을 건너 사라진다.

"사람 살려!" 몇 걸음 긴다.

"사람 살려!" 또다시 몇 걸음 긴다.

삑삑하는 소리를 내지르며 한 줄기 아크 램프의 불빛이 수

● 중국식 홑저고리.

●● 중국식 남자용 홑두루마기.

평선 아래에서 뻗어 나온다. 철로가 덜커덕거리고 철로 위 굄목이 빛 속에서 지네처럼 기어 나가는 듯하더니 전신주 나무가 나타났다가 이내 다시 어둠 속으로 사라진다. '상하이 급행' 열차가 배를 불룩하게 내밀고, 다다다 다다, 폭스트롯 박자로 야광 구슬을 머금은 용처럼 달려가 그 호선을 돈다. 또다시 입을 벌려 포효하면서 검은 연기를 꼬리까지 드리운다. 아크 램프의 불빛이 수평선 아래로 파고들더니 순식간에 사라진다.

또다시 정적이 찾아든다.

철도 건널목 앞, 자동차의 아크 램프 불빛이 뒤얽히고 건널목 간수가 빨간색과 녹색 깃발을 거꾸로 든 채 하얀 얼굴, 붉은 입술, 루비 귀걸이를 한 철도 건널목의 차단기를 열자 이내 길게 늘어선 자동차들이 쌩하니 달려 나간다.

흰 칠을 한 가로수의 다리, 전봇대의 다리, 모든 정물의 다리…… 레뷰(revue)•에서처럼 분칠한 허벅지를 엇갈려 내민 아가씨들…… 흰 칠을 한 다리의 행렬이 이어진다. 고즈넉한 길을 따라 저택의 창문에서 커튼을 뚫고, 도시의 눈동자처럼 담홍색, 자주색, 녹색의 불빛이 곳곳에서 슬그머니 빠져나온다.

차는 별장 같은 작은 양옥 앞에 멈춘 뒤 빵빵 경적을 울린다. 류유더 선생의 수박 모자에 달린 산호 매듭이 차문 밖으

• 노래와 춤을 곁들인 풍자적인 연극을 말한다.

로 삐져나오고, 검은 모직 조끼의 두 작은 주머니에 걸린 금시계 줄 위의 몇 개 파운드가 쨍그랑 웃으면서 그를 차 밖으로 내보낸 뒤 집까지 들여보낸다. 그가 반쯤 남은 시가를 문 밖으로 던지고 응접실로 가서 막 자리에 앉자 날렵한 힐이 계단에 깔린 카펫을 다다닥 밟는 소리가 울린다.

"돌아왔어요?" 발랄한 웃음소리, 나이로는 며느리뻘이지만 법적으로는 아내인 부인이 뛰어 들어와 그의 코를 잡아당기며 말한다. "어서요! 3000위안•짜리 수표에 서명해줘요."

"지난주 돈은 또 다 썼어?"

그녀는 아무 말도 하지 않고 손에 든 장부 뭉치를 건넨 뒤 그의 파란 비단 포••의 큰 소매를 잡아당기며 서재로 달려가 펜을 손에 쥐여준다.

"내 말은요……."

"뭐라고?" 작고 빨간 입을 막는다.

그녀를 씩 보고는 서명하자 그녀는 머리를 숙이고 그의 큰 입에 작은 입을 맞춘다. "저녁은 당신 혼자 들어요. 나는 샤오더와 외출할 테니까." 그녀가 웃으며 달려 나가 문을 꽝 닫는다. 그가 손수건을 꺼내 입을 닦자 삼베 손수건에 탠지(tangee)가 찍힌다. 그녀는 하루 종일 돈을 달라고 조르는 딸

• 현재로는 18만 위안으로, 우리나라 돈으로는 3300만 원 정도다.

•• 남자의 겉옷.

이나 진배없다.

"아버지!"

고개를 들자 샤오더가 언제 슬그머니 들어왔는지 고양이를 본 쥐처럼 옆에 선다.

"왜 돌아왔어?"

"이냥•이 전화를 걸어 나오라더라고요."

"왜?"

"돈 좀 줘요."

류유더 선생은 속으로 가소로워한다. 두 사람이 하는 꼬락서니가 가관도 이런 가관이 없다.

"그 여자는 어떻게 돈을 달라고 널 보낼 수 있지? 그 여자가 시킨 건 아니고?"

"돈은 제가 원하는 거예요. 이냥은 같이 놀러 가잤거든요."

갑자기 문이 열린다. "현금 좀 있어요?" 류옌룽주가 다시 뛰어 들어온다.

"겨우……."

조금 전 매니큐어를 칠한 작은 손이 대뜸 그의 호주머니에 들어가 지갑을 꺼낸다! 빨갛게 번들거리는 손톱으로 지폐를 센다. 일일이 10, 20, 30…… 300위안까지 센다. "50위안은 남겨두고, 나머지는 내가 가져갈게요. 당신한테 많이 줘봤자

• 아버지의 첩을 부르는 말.

밤에 또 안 들어올 거잖아요." 그녀는 눈짓한 뒤 자신의 법적 아들을 데리고 나간다.

옷이 잘 받는 몸매에, 제비족(gigolo)을 독자로 둔 패션 잡지를 하루 종일 끼고도는 아들은 굵고 또렷한 주름이 잡힌 괘자를 몸에 걸치고 가운데에 소용돌이가 일도록 넥타이를 매고는 어머니의 팔을 잡고 차에 오른다.

흰 칠을 한 가로수의 다리, 전봇대의 다리, 모든 정물의 다리…… 레뷰(revue)에서처럼 분칠한 허벅지를 엇갈려 내민 아가씨들…… 흰 칠을 한 다리의 행렬이 이어진다. 고즈넉한 길을 따라 저택의 창문에서 커튼을 뚫고, 도시의 눈동자처럼 담홍색, 자주색, 녹색, 아가씨들의 불빛이 곳곳에서 슬그머니 빠져나온다.

1932년 신형 뷰익을 몰면서 1980년의 연애 방식을 추구한다. 불어오는 늦가을 저녁 바람에 아들의 옷깃이 휘날리고, 어머니는 서늘한 머리카락을 느낀다. 법률상 어머니가 아들의 품에 안겨 말한다.

"네가 내 아들이라는 게 아쉬워." 그러고는 히죽히죽 웃는다.

아들은 아버지가 키스한 어머니의 작은 입에 키스하느라 하마터면 인도로 차를 몰 뻔한다.

네온사인(Neon light)이 푸른 먹물 같은 밤하늘에 색색의 손가락을 뻗어 커다란 글씨를 쓴다. 그 앞에 빨간 턱시도를 입은 영국 신사가 지팡이를 들고 의기양양하게 산책한다. 발밑에는 이렇게 쓰여 있다. "조니 워커, 여전히 건재하다(Johnny Walker: Still Going Strong)." 길가의 작은 풀밭에는 부동산 회사의 유토피아가 펼쳐지고 그 위, 지스를 피우는 미국인이 쳐다보면서 '이곳이 소인국의 유토피아라니 안타까운데. 어떻게 저 넓은 들판에 내 발 하나 디딜 공간이 없단 말인가?'라고 묻는 듯하다.

자동차 앞에 어른거리는 사람의 그림자 때문에 경적을 울리자, 그 사람이 고개를 돌려서 보더니 바퀴 앞에서 인도로 슬그머니 올라간다.

"룽주, 우린 어디로 가요?"

"대충 카바레(Cabaret)에 가서 놀아. 리차,• 다화는 이제 질렸어."

경마장 옥상, 풍향계 위의 황금 말이 붉은 달을 향해 네발을 뻗는다. 그 넓은 초원 사방에 범람하는 빛의 바다, 휘몰아치는 죄악의 파도, 어둠에 잠겨 무릎을 꿇고 지옥으로 떨어지는 이들 남녀를 위해 기도하는 무얼당,•• 참회를 거부한 채 진부한 사제를 거만하게 바라보면서 뱅글뱅글 불빛을 비추는 세계의 탑 꼭대기가 너울댄다.

• 1846년에 지어진 중국 최초의 서양식 호텔로, 지금은 '푸장 호텔'로 이름이 바뀌었다.

•• 상하이에 위치한 유명한 교회당으로, 남감리회에서 설립, 1985년 합동 예배 후 '무언당'으로 이름이 바뀌었다.

쪽빛 황혼이 장내를 뒤덮고 색소폰(Saxophone) 하나가 목을 길게 빼고 입을 쫙쫙 벌려 그들을 향해 우우 소리를 내지른다. 그 가운데 반들반들한 바닥에 치마가 펄럭이고 포 자락이 나부끼며 정교한 힐, 힐, 힐, 힐이 요동친다. 헝클어진 머리와 남자의 얼굴. 남자 셔츠의 화이트칼라와 여자의 웃는 얼굴. 쭉 뻗은 팔, 어깨까지 늘어뜨린 에메랄드 목걸이, 가지런한 원탁의 행렬 속에 흐트러진 의자들. 어두운 귀퉁이에 선 하얀 옷의 웨이터. 진동하는 술 냄새와 향수 냄새, 쉰 땀 냄새, 담배 냄새…… 신경을 자극하는 블랙커피를 들고 홀로 구석에 앉은 사람.

춤 삼매경. 왈츠가 그들의 다리를 감싸고 그들의 발이 선율에 맞춰 사뿐사뿐 너울너울 떠다닌다.

아들이 어머니의 귀에 대고 말한다. "왈츠를 출 때 할 수 있는 말이 많아요. 당신은 최고의 왈츠 댄서죠. 룽주, 난 당신을 사랑해요!"

관자놀이에 살짝 키스하는 것 같아 어머니는 아들의 품에 안겨 다소곳이 웃는다.

프랑스 신사를 사칭하는 벨기에 보석 중개인이 영화배우 인푸룽의 귀에 대고 속삭인다. "당신의 입에 걸린 웃음에 천하의 여자들은 질투할 수밖에 없습니다. 난 당신을 사랑합니다!"

관자놀이에 살짝 키스하는 것 같아 품에 안겨 다소곳이 웃는데 돌연 손가락에 다이아몬드 반지가 하나 더 끼워진다.

류옌룽주를 본 보석 중개인은 인푸룽의 어깨 너머로 그녀에게 고개를 끄덕이며 미소 짓는다. 샤오더는 돌아서서 제비족(Gigolo)처럼 눈썹을 추켜올리는 인푸룽을 본다.

춤추는 동안 왈츠가 그들의 다리를 감싸고 그들의 발이 선율에 맞춰 사뿐사뿐 너울너울 떠다닌다.

보석 중개인이 류옌룽주의 귀에 대고 속삭인다. "당신의 입에 걸린 웃음에 천하의 여자들은 질투할 수밖에 없습니다. 난 당신을 사랑합니다!"

관자놀이에 살며시 키스하는 것 같아 그녀는 품에 안겨 다소곳이 웃는다. 입술연지를 흰 셔츠에 찍는다.

샤오더가 인푸룽의 귀에 대고 속삭인다. "왈츠를 출 때 할 수 있는 말이 많아요. 당신은 최고의 왈츠 댄서죠. 하지만, 푸룽, 난 당신을 사랑해요!"

관자놀이에 살며시 키스하는 것 같아 그녀는 품에 안겨 다소곳이 웃는다.

신경을 자극하는 블랙커피를 들고 홀로 구석에 앉은 사람. 진동하는 술 냄새와 향수 냄새, 쉰 땀 냄새, 담배 냄새…… 어두운 귀퉁이에 선 하얀 옷의 웨이터. 가지런한 원탁의 행렬 속에 흐트러진 의자들. 어깨까지 늘어뜨린 에메랄드 목걸이와 쭉 뻗은 팔, 여자의 웃는 얼굴과 남자의 화이트칼라, 남자의 얼굴과 헝클어진 머리. 정교한 힐, 힐, 힐, 힐. 나부끼는 괘자락, 펄럭이는 치마, 그 가운데 번들거리는 바닥. 우우 사람들을 향해 내지르는 소리, 목을 길게 빼고 입을 쫙쫙 벌리는 색소폰(Saxophone), 장내를 뒤덮는 쪽빛 황혼.

유리문이 열리는 순간 얄팍한 환상이 깨진다. 에스컬레이터를 타고 내려오자 길가에 두 줄로 쭉 선 인력거와 인력거꾼, 그 가운데로 불 밝힌 도로가 모습을 드러낸다. 앞다투어 "릭샤(Ricksha)?"를 외치는 사람은 물론 오스틴 미니, 에식스, 포드, 뷰익 스포츠카, 뷰익 소형차, 뷰익 9, 8, 6기통 등등 온갖 고급 차의 행렬이 줄을 잇는다……. 큰 달이 얼굴을 붉히며 어기적어기적 경마장 초원 위로 떠오른다. 길모퉁이에서 《대미만보》•를 파는 사람들이 다빙유탸오••를 파는 듯한 목소리로 소리친다.

"석간신문이요(Evening Post)!"

전차는 바겐세일 광고 현수막과 간판이 그득그득한 위험지대로 당돌하게 돌진하고 자전거들은 안쓰러울 지경으로 한쪽으로 내몰린다. 인력거에 탄 선원들이 술 취한 눈을 게슴츠레 뜨고 인력거꾼의 엉덩이를 툭 걷어차고는 키득키득 웃는다. 빨간 신호등과 파란 신호등이 교차하고 신호등 기둥과 인

• 1929년 상하이에 기주하는 미국인들이 창간한 영자 석간신문.

•• 기름에 튀긴 30센티미터 정도의 길쭉한 유탸오를 두리넓적한 전에 돌돌 말아 싼 것.

도 순찰 대원•이 나란히 서 있다. 신호등이 깜박이자 사람의 물결과 차의 물결이 출렁인다. 인파 속 사람들은 하나같이 뇌가 없는 파리와 판박이다! 한 패셔니스타(Fashionmonger)가 자신의 가게에서 파는 옷을 입고 귀부인 행세를 한다. 엘리베이터는 십오 초에 한 번꼴로 옥상정원으로 화물처럼 사람들을 쏟아낸다. 여자 비서는 비단 가게 쇼윈도 밖에 서서 실크로 만든 프랑스산 크레이프(crepe)••를 바라보며 사장의 입가에, 면도하다 긁힌 창연한 자국에 걸린 웃음을 떠올린다. 무슨 주의자들과 당원들은 잡히면 그 자리에서 연설을 하리라 마음을 다잡으며 전단을 한 꾸러미 끼고 걷는다. 파란 눈동자의 아가씨는 꽉 낀 치마를, 검은 눈동자의 아가씨는 긴 치파오를 입고 다리 사이에서 똑같이 요염한 자태를 뿜어낸다.

거리 옆, 공터에 세워진 피라미드 형태의 높은 목제 골조. 진흙에 꽂힌 굵은 나무다리, 그 꼭대기에 달린 아크 램프가 아래의 가로목에 있는 사람들을 비춘다. 사람들이 "어어어!"라고 외친다. 수백 미터 높이의 목제 골조 꼭대기의 말뚝이 순식간에 떨어진다. 쿵! 세 아름이나 되는 나무 기둥이 진흙에 내리꽂힌다. 네 귀퉁이에 달린 아크 램프가 강렬한 빛으로 공터를 비춘다. 가로 한 줄, 세로 한 줄의 도랑과 철골, 잔

• 외국 조계를 지키던 경찰관.

•• 작은 주름이나 선이 두드러져 있어 표면이 오돌토돌한 직물.

해가 어지럽게 널브러진 공터. 사람들이 나무 기둥을 메고 긴 그림자를 드리우며 도랑을 걷는다. 발이 미끄러져 넘어진 앞사람의 등이 나무 기둥에 깔린다. 등뼈가 부러지고 입에서 피가 뚝뚝 떨어진다……. 아크 램프…… 쿵! 말뚝이 다시 목제 골조를 따라 올라간다……. 맨몸으로 석탄재 길에서 놋쇠를 굴리는 아이…… 커다란 목제 골조 꼭대기에 걸린, 밤하늘의 달을 닮은 아크 램프…… 석탄재를 줍는 아내…… 두 개의 달…… 천구•에게 삼켜진 달…… 사라진 달.

시체가 옮겨지고 공터에는 가로 한 줄과 세로 한 줄의 도랑과 철골, 잔해가 널브러지고 무엇보다 현장을 적신 그의 피로 흥건하다. 그 피 위에 시멘트가 깔리고 철골이 쌓이고 새로운 호텔이 세워진다! 새로운 댄스홀이 생겨난다! 새로운 건물이 조성된다! 여느 호텔과 마찬가지로, 류유더 선생이 막 들어서는 화둥 호텔과 마찬가지로, 그의 노동력, 그의 피, 그의 생명을 밑에 깔고서 솟는다.

화둥 호텔 안…….

2층의 흰 칠 한 방에는 구릿빛 아편 향기, 마작, 〈사랑탐모〉,•• 〈장삼매하백소창부〉,••• 향수와 음탕의 냄새, 흰옷을 입은 웨이터, 매춘 포주, 유괴범, 음모와 계략, 떠돌이 러시아인…… 등이 판을 친다.

• 일식과 월식을 일으키는 흉신이 사는 별.

3층의 흰 칠 한 방에는 구릿빛 아편 향기, 마작, 〈사랑탐모〉, 〈장삼매하백소창부〉, 향수와 음탕의 냄새, 흰옷을 입은 웨이터, 매춘 포주, 유괴범, 음모와 계략, 떠돌이 러시아인…… 등이 판을 친다.

4층의 흰 칠 한 방에는 구릿빛 아편 향기, 마작, 〈사랑탐모〉, 〈장삼매하백소창부〉, 향수와 음탕의 냄새, 흰옷을 입은 웨이터, 매춘 포주, 유괴범, 음모와 계략, 떠돌이 러시아인…… 등이 판을 친다.

엘리베이터가 그를 4층에 토해낸다. 류유더 선생은 〈사랑탐모〉를 흥얼거리며 마작의 골패 소리가 나는 방으로 들어가 개릭 담배에 불을 붙이고는 국표••••를 한 장 쓴다. 그러고는 탁자에 앉는다. 부딪히면 다치기라도 할 것처럼 중풍 패를

•• '넷째가 어머님을 뵈옵는다'라는 뜻으로, 명나라 때의 소설《양가장연의》를 각색한 경극이다. 북송 충신인 양가의 4남 연휘가 북번과의 싸움에서 사로잡혀 왕녀 철경공주의 남편이 되고 아들까지 두는데, 15년 후에 북송과 북번은 또다시 싸움을 벌인다. 조국에 어머니를 두고 온 연휘는 망향의 심정을 억누를 길이 없어 공주에게 모든 것을 고하고 양해를 구해 하룻밤만이라는 약속을 받고 몰래 귀국한다. 어머니를 눈물로 대면했으나 시간은 금세 흘러 효와 의의 갈림길에서 속을 태우다가 그만 시간을 어겨 일이 탄로난다. 하지만 공주의 주선으로 용서를 받는다는 이야기다.

••• 장삼이 하백 소창부를 욕한다는 뜻으로, '장삼'은 일류 기루를 뜻하고 '하백'은 개인적인 매춘의 일종을 뜻한다. 작가 무스잉이 시류를 조롱하는 뜻에서 쓴 것인지, 죽지사(옛날 민가로, 색채가 짙은 칠언절구의 시체) 혹은 지방의 속곡인지는 알 수 없다.

•••• 매춘부를 부르는 데 쓰는 쪽지.

노련하게 움켜쥐며 "어떻게 좋은 패는 하나도 안 들어와"라면서 마작 하는 얼굴을 하고서는, 한편으로는 가슴을 묶지 않아 사람들에게 설리번 빵•이라고 불리는 바오웨라오바의 말에 귀를 쫑긋 세운다. "죄송합니다. 류 도련님, 쪽지 배정도 되었으니 이번 판이 끝나면 와서 앉으시지요."

"우리 집에 가서 앉아요!" 길모퉁이에 서서 검은 눈동자만 보이는 잿빛 얼굴이 건물 그늘에 숨어서 오가는 사람들에게 외치며 경매장 직원처럼, 포주 뒤꽁무니처럼 뒤쪽에 들러붙어 쫓아온다.

"우리 집에 가서 앉아요!" 쭈글쭈글한 입이 말하며 부러 얼굴이 납작한 사람과 부딪힌다. 납작한 얼굴이 웃으며 힐끗 보고는 자기 코를 가리키며 머리를 내민다. "다 늙어빠져서는 날 건드린다고요?"

"나이가 어려도 친구는 중요한 법이니까요!" 쭈글쭈글한 입도 웃는다.

"인도의 이 애송이도 뜻밖에 오늘 다른 사람에게 먹힐 줄은

• 1912년 미국인 선원 설리번 부부가 조계 지역에 간판을 내걸고 사탕과 비스킷 등을 판매한 데서 출발한 가게는 1931년 '설리번 빵 공장'으로 이어지고 백 명 이상의 직원을 두며 1930년대 중반 이후 상하이에서 가장 영향력 있는 식품 회사로 거듭난다. '설리번'은 한때 상하이에서 '비스킷'과 '캔디'의 대명사가 되었으며 '설리번 빵'은 해외에서도 유명해진다. 당시 이 빵을 먹어보지 못한 상하이 사람들이 없을 정도로, 문학작품에도 '설리번 빵'이 종종 언급될 정도로 유명세를 날렸다.

몰랐소." 그녀의 얼굴을 향해 손을 내젓고는 가던 길을 마저 간다.

옆에서 긴 머리에 면도하지 않아 수염이 덥수룩한 작가가 우스꽝스럽게 바라보면서 속으로 한 가지 주제를 떠올린다. '두 번째 순례…… 도시의 암흑에서 소나타(Sonata)를 둘러보다.' 문득 자기의 얼굴을 훑는 쭈글쭈글한 입의 눈길을 알아차리고는 허겁지겁 내뺀다.

포주는 잿빛 얼굴을 음영에 숨기고 꼬리처럼 뒤에 들러붙어 쫓아온다. 음영에 숨는 잿빛 얼굴, 잿빛 얼굴, 잿빛 얼굴…….

(작가는 속으로 생각한다.)

첫 번째 도박장 순례, 두 번째 거리 매춘부 순례, 세 번째 댄스홀 순례, 그리고 네 번째로 《동방잡지》, 《소설월보》, 《문예월간》 등에 실을 첫 문장으로 베이징 거리의 매춘부 거래소에 대해 쓰면…… 안 돼…….

누군가가 그의 소매를 잡아당긴다. "선생님!" 노파가 수심에 찬 얼굴로 고개를 들어 쳐다본다.

"뭡니까?"

"편지를 보여주세요."

"편지가 어디에 있소?"

"편지를 가지러 저와 함께 우리 집에 가세요. 바로 이 골목 안쪽에 있습니다."

따라간다.

중국의 비극에는 반드시 소설 재료가 있고 1931년은 나의 시대이며 월간 《동방소설》과 《북두》는 일본과 러시아는 물론 여러 나라에서 번역본으로 출간되고, 위대한 노벨상 상금으로 부자가 되고…….

작은 골목으로 들어가니 어두워서 아무것도 보이지 않는다.

"댁이 어딥니까?"

"바로 이곳으로 멀지 않습니다. 선생님, 편지를 봐주세요."

골목 저쪽 누르스름한 가로등 아래에 한 여자가 고개를 숙인 채 서 있다. 노파가 돌연 또다시 수심에 찬 얼굴로 그의 소매를 잡아당기며 말한다. "선생님, 이쪽은 제 며느리예요. 편지는 이 아이에게 있습니다." 여자가 있는 곳에 다다랐지만 여자는 좀체 고개를 들지 않은 채 노파가 말한다. "선생님, 이쪽은 제 며느리예요. 제 아들은 기계공인데, 남의 물건을 훔치는 바람에 잡혀갔습죠. 가엾게도 우리 두 여자는 나흘 동안 아무것도 먹지 못했습니다."

(안 그런가? 소재와 기법이 이렇게 좋은데 문제 될 게 무엇이며 그녀가 내뱉은 말의 뜻은 틀림없이 올바른 것으로, 나의 인도주의를 놓고 왈가왈부하라면 하라지. 두려울 게 뭔가…….)

"선생님, 불쌍한 사람들이에요. 몇 푼 주세요. 며느리더러 하룻밤 간이 지내라고 할 테니 우리 두 사람의 목숨 줄 좀 살려주세요!"

화들짝 놀라는 작가 앞에서 고개를 든 여자의 마른 뺨에 두 개의 그림자가 드리우고 입가에 웃음이 걸린다.

입가에 웃음이 걸리고, 프랑스 신사를 사칭하는 벨기에 보석 중개인이 류옌룽주의 귀에 대고 속삭인다. "당신의 입에 걸린 웃음에 천하의 여자들은 질투할 수밖에 없습니다. 한잔 할까요."

키가 큰 유리잔에 류옌룽주의 두 눈동자가 웃는다.

뷰익 자동차 속 칵테일(Cocktail)에 흠뻑 젖은 두 눈동자가 코트의 가죽 깃에서 웃는다.

화마오 호텔 복도 위 칵테일(Cocktail)에 흠뻑 젖은 두 눈동자가 산발한 머리 변두리에서 웃는다.

엘리베이터 속 그 두 눈동자가 보랏빛 눈꺼풀 아래에서 웃는다.

화차 호텔 7층의 방 안 그 두 눈동자가 붉게 상기된 뺨 위에서 웃는다.

보석 중개인이 자신의 코밑에서 웃는 한 쌍의 눈동자를 발견한다.

웃는 눈동자!

하얀 수건!

헐떡거림…….

헐떡거리면서 미동도 않은 채 침대에 누워 있다.

침대 수건, 녹은 눈(雪).

"국제 클럽을 조직하자!" 갑자기 번뜩 좋은 생각이 떠오르는 한편 땀이 줄줄 흘러내린다.

땀을 흘리며 고즈넉한 거리에서 술 취한 선원을 태우고 이 술집 저 술집을 전전한다. 순찰 대원도 사라진 거리는 죽은 도시처럼 조용하다. 선원의 구두가 인력거꾼의 등받이에 놓이고 쉰 목소리가 큰 건물의 벽에 울려 퍼진다.

타닥타닥 타닥…… 탁탁탁…….

요란하게.

탁탁탁…….

인력거꾼의 얼굴에서 땀이 주르륵 흘러내리고 그의 마음속에서 돈이 구르고 날아다닌다. 술 취한 선원이 갑자기 뛰어내려 뒤쪽 두 유리문에 고꾸라진다.

"저기요, 선생님! 선생님(Hullo, Master! Master)!"

이렇게 소리치며 문 쪽까지 달려간 그에게 인도 순찰 대원이 수중의 막대기를 휘두른다. 웃음소리가 문틈을 비집고 나오고 술 냄새가 문틈을 비집고 나오며 재즈(Jazz)가 문틈을 비집고 나온다……. 인력거의 끌채를 당기며 달리는 인력거꾼 앞에 12월의 강바람과 차가운 달, 큰 건물 사이의 깊은 골목이 놓인다. 행복의 바깥으로 내던져졌지만 죽을 생각 따윈 고사하고 그저 '제기랄'이라고 한마디 욕설을 내뱉으며 다시 생활 속으로 걸어간다.

텅 빈 인력거, 달빛만이 거리를 비춘다. 달빛은 거리의 절반을 비추고, 나머지 절반은 어둠에 잠긴다. 그 어둠 속에 웅크리고 앉은 술집들의 행렬, 즐비한 술집에서 툭 튀어나온 이마에 걸린 등은 푸르스름하고, 푸른빛 아래에는 인도 순찰 대원이 화석같이 서 있다. 문을 열고 닫으며 앵무새처럼 말한다.

"안녕히 가십시오, 선생님(Good-bye, Sir)."

한 젊은이가 팔꿈치에 지팡이를 걸고 유리문 밖으로 걸어 나온다. 불빛 아래에서 어둠 속으로 들어간 뒤 또다시 달빛 아래로 가서 한숨을 푹 쉬고는 살금살금 걸어간다. 다른 사람의 침대에서 잠든 연인을 떠올리며 강가로 가서 난간 옆에 멍하니 선다.

동쪽 하늘에 태양 빛이 금빛 눈동자처럼 먹구름 속에서 눈을 뜬다.

푸둥에서 목청을 높일 대로 높인 남자의 목소리가 들린다.

"에이…… 야…… 에이……."

한참을 쭉쭉 날아올라 첫 번째 태양 빛과 마주친 뒤 웅장한 합창으로 이어진다. 깊은 잠에 빠졌던 건물이 깨어나 머리를 들고 회색 잠옷을 벗는다. 강물이 또다시 철벅철벅 동쪽으로 흐르고 공장의 기적도 으르렁댄다.

새로운 삶, 나이트클럽 사람들의 운명을 노래한다!

상하이가 깨어난다!

지옥 위에 세워진 천국, 상하이.

나이트클럽의 다섯 사람

1. 생활에서 떨어진 다섯 사람

1932년 4월 6일 토요일 오후.

금 거래소는 눈이 벌겋게 충혈된 사람들로 북적거렸다. 시속 100킬로미터 속도로 추락하는 금값은 사람들을 짐승으로 만들고, 그들의 이성과 신경을 날려버렸다.

후쥔이는 전혀 개의치 않는다는 듯 웃으며 말했다.

"뭐가 두려워? 오 분 후면 상승세로 돌아설 텐데!"

오 분이 지났다.

"600냥을 회복했어!"

거래소에는 또다시 루머가 돌았다. "일본 대지진 발생!"

"87냥!"

"32냥!"

"7.3전!"•

(포플린 괘자를 입고 입가에 상아 파이프를 문 중년이 돌연 쓰러졌다.)

금값의 하락세가 가속화됐다.

다시 오 분이 지나자 후쥔이는 윗니로 아랫입술을 깨물었다.

입술이 터졌을 때 80만 위안의 가산도 금값과 함께 휘발되었다.

입술이 터졌을 때 근대 상인의 강인한 마음도 산산이 부서졌다.

1932년 4월 6일 토요일 오후.

교정 안 연못가에 앉은 정핑 앞으로 연인들이 한 쌍, 한 쌍 지나갔다. 그는 눈을 부릅뜨고 살피면서 린니나를 기다리고 또 기다렸다.

어젯밤에 악보를 보내면서 아래에 메모를 달았다.

> 내가 살아갈 수 있게 허락해준다면, 내일 오후에 교정 안 연못가로 와주세요. 당신을 향한 시름에 머리마저 하얗게 셌습니다!

● 민국 시기 1냥은 32그램, 1전은 3.125그램으로, 600냥에서 7.3전으로 떨어졌다는 건 금값이 팔백 배 이상 떨어졌다는 말이다.

린니나는 악보를 돌려주지 않았다. 하룻밤 사이에 정핑의 머리카락이 다시 검게 변했다.

오늘, 그는 밥을 먹고 난 뒤 여기서 기다리며 한편으로 생각했다.

'한 시간을 육십 분으로, 일 분을 육십 초로 나누는 건 올바르지 않아. 그렇지 않고서야 고작 한 시간 삼십 분을 기다렸는데 수염이 다시 자라는 것처럼 느껴지는 건 왜일까?'

린니나는 왔지만 꺽다리 왕과 함께였다.

"이봐(Hey), 아핑, 누굴 기다려?" 꺽다리 왕이 짓궂은 표정을 지었다.

린니나는 고개를 갸웃거리며 그를 보지 않았다.

그는 악보 속의 구절을 흥얼거렸다.

낯선 사람이여!
예전에 나는 당신을 나의 연인이라고 불렀습니다
지금 당신은 나를 낯선 사람이라고 말합니다!
낯선 사람이여!
예전에 당신은 나를 당신의 노예라고 했습니다
지금 당신은 나를 낯선 사람이라고 합니다!
낯선 사람이여……

린니나는 꺽다리 왕을 데리고 빠져나갔고 꺽다리 왕은 고개를 돌려 그에게 또다시 짓궂은 표정을 지었다. 그는 윗니로 아랫입술을 깨물었다.

입술이 터졌을 때 정핑의 머리카락이 또다시 하얗게 변했다.

입술이 터졌을 때 정핑의 수염이 또다시 살갗을 뚫고 올라왔다.

1932년 4월 6일 토요일 오후.

유럽에서 옮겨 온 거리. 샤페이로.•

황금빛 햇살이 퍼덕거리고 활엽수 그림자가 어른거리는 거리를 걸었다. 앞서가던 한 젊은이가 느닷없이 고개를 돌려 그녀를 쳐다보더니 옆의 또 다른 젊은이와 이야기를 나누었다.

그녀는 얼른 귀를 쫑긋 세웠다.

젊은이 갑. "5년 전, 세상을 떠들썩하게 했던 황디이첸이잖아!"

젊은이 을. "눈요기 제대로인데! 미모가 정말…… 아멘!"

젊은이 갑. "안타깝게도 우린 너무 늦게 태어났어! 아멘! 여

• 1900년 프랑스 조계지에 경계 도로가 건설되고 '시장로'라고 명명됐다. 얼마 후 프랑스 조계 행정 관서의 총책임자인 바오창의 이름을 따서 '바오창로'라고 개칭됐다. 1922년 프랑스 장군 샤페이의 이름을 따서 '샤페이로'로 명명되었다가 1943년 '타이산로'로 바뀌고, 1945년 국민당 원로인 린썬의 이름을 따서 '린썬중로'가 되었다가 1950년 화이하이 전투의 승리를 기념해서 '화이하이중로'로 바뀌었다. 샤페이로는 1920년대와 1930년대 상하이 패션의 중심지로, 4킬로미터에 달하는 상업 지구에는 고급 상점이 즐비했다.

자는 5년을 못 가지!"

그녀는 갑자기 뱀이 자신의 마음을 문 것처럼 맞은편 거리로 냅다 달렸다. 고개를 들자 쇼윈도에 비친 자신의 모습…… 젊음이 자신에게서 다른 사람에게로 날아가버린 것을 보았다.

"여자는 5년을 못 가지!"

윗니로 아랫입술을 꽉 깨물었다.

입술이 터졌을 때 마음이 뱀에게 삼켜졌다.

입술이 터졌을 때 그녀는 또다시 장신구를 파는 프랑스 가게로 달려갔다.

1932년 4월 6일 토요일 오후.

지제의 서재.

책장에는 셰익스피어의 《햄릿(HAMLET)》이 일본어 번역은 물론 독일어, 러시아어, 프랑스어, 스페인어 번역…… 심지어 터키어 번역 등 다양한 판본으로 빼곡히 꽂혀 있다.

서재에 앉아 담배를 피우던 지제는 피어오르는 연기가 이리저리 흩어지는 것을 응시하면서 문득 온 우주가 연기로 화해한 것은 아닐까 생각했다. 《햄릿(HAMLET)》들이 입을 벌리고 말을 걸어왔다.

"당신은 무엇입니까? 나는 무엇입니까? 무엇이 당신입니까? 무엇이 나입니까?"

지제는 윗니로 아랫입술을 깨물었다.

"당신은 무엇입니까? 나는 무엇입니까? 무엇이 당신입니까? 무엇이 나입니까?"

입술이 터졌을 때 여러 버전의《햄릿(HAMLET)》이 웃었다.

입술이 터졌을 때 그의 몸도 연기로 화해서 피어올랐다.

19×년 토요일 오후.

시청.

일등 서기 먀오쭝단은 느닷없이 시장이 손수 쓴 편지를 받았다.

시청에서 일하는 5년 동안, 시장이 적잖이 바뀌었지만 그는 뿌리를 내려 쑥쑥 자라듯 승승장구하면서 강등된 적이 없지만 시장의 손 편지를 받은 적도 없었다.

여기서 일하는 5년 동안 매일 또박또박 글을 쓰고 소파에 앉아 차를 마시며 해당 도시에서 증간되는 간행물을 읽으면서 지각한 적도, 일찍 퇴근한 적도 없을뿐더러 들끓었던 야망도, 꿈도, 사랑도 일제히 내팽개쳤다.

여기서 일하는 5년 동안, 받아본 적 없는 시장의 손 편지를 오늘 느닷없이 받았다! 공문서를 필사하는 심정으로 조심스럽게 뜯었다. 누가 알았겠는가? 해고 통지서였다.

돌연 지구의 종말이 도래했다!

그는 믿기지가 않았다.

"내가 뭘 잘못했기에?"

두 번을 더 읽었지만 해고 통지서는 해고 통지서였다.

그는 윗니로 아랫입술을 깨물었다.

입술이 터졌을 때 그는 카트리지의 잉크를 더는 갈 필요가 없게 되었다.

입술이 터졌을 때 회계과 주임이 그의 월급을 보내왔다.

2. 토요일 저녁

두꺼운 유리 회전문이 멈출 때는 네덜란드의 풍차 같고 움직일 때는 수정 기둥 같았다.

5시에서 6시의 상하이, 수십만 대의 자동차가 동쪽에서 서쪽으로 내달렸다.

다만 사무실의 회전문은 풍차를 닮았고 호텔의 회전문은 수정 기둥을 닮았다. 거리에 멈춰 선 사람들, 그들의 몸에 빨간 신호등 불빛이 출렁이고 자동차들이 코앞을 스쳐 지나갔다. 수정 기둥 같은 회전문이 멈추자 사람들이 물고기처럼 헤엄쳐 들어갔다.

토요일 저녁 프로그램.

1. 얼음물과 아이스크림이 포함된 풍성한 만찬.
2. 애인 찾기.
3. 나이트클럽 입장.
4. 한 끼의 영양 간식, 얼음물과 아이스크림, 과일은 절대 금물.

(주. 깨어나면 월요일이고 일요일은 안식일이니까.)

치킨알라킹(Chicken a la king)[•]을 먹고 나면 과일과 블랙커피가 기다린다. 애인은 치킨알라킹(Chicken a la king)처럼 야들야들하고 과일처럼 싱그럽다. 다만 그녀의 영혼은 커피처럼 까맣게 타들어간다……. 에덴동산에서 도망쳐 나온 뱀이여!

토요일 밤의 세계는 재즈의 축을 중심으로 회전하는 만화 속 지구처럼 가볍고 광적이다. 구심력이 없으며 모든 것이 허공에 건설된다.

토요일 밤은 이성이 없는 날이다.

토요일 밤은 판사도 죄를 짓지 못해 안달하는 날이다.

토요일 밤은 하느님도 지옥에 가는 날이다.

여자와 함께하는 사람은 모조리 민법상의 간통죄를 잊고, 남자가 끼고 있는 여자는 모조리 자신이 아직 열여덟 살도 안 됐다고 은근슬쩍 혀를 내두른다. 운전하는 사람은 모조리 애인의 몸이 선사하는 풍경선을 눈으로 훑느라, 그것을 손으로 더듬느라 앞에 걸어가는 사람을 잊는다.

토요일 밤에는 도둑이 아닌 사람들도 물건을 훔치고, 솔직하기 이를 데 없는 사람들도 온갖 음모를 계책한다. 기독교인들이 거짓을 말하고, 노인들이 목숨을 걸고 회춘하는 약

● 도톰한 한입 크기로 익힌 닭고기에 생크림과 슈프림 소스를 얹고 육수로 조리한 음식.

을 먹으며, 노련한 여자들이 하나같이 키스에 번지지 않는 (Kissproof) 립스틱을 발라 만전을 기한다…….

거리.

(푸이 부동산 회사의 연간 순이익은 자본금 3분의 1에 달한다.

10냥.

동삼성•이 멸망했는가?

동삼성의 의용군은 아직 눈밭에서 일본군과 결사 항전을 벌이고 있다.

동포 여러분, 빨리 월간 기부 모임에 가입하십시오.

중국 본토의 환급 건수••가 이미 5만 건에 달한다.

자유롭게 먹는 스테이크.)

"《대만야보》!" 신문을 파는 아이가 파란 입을 벌려 파란 이빨과 파란 혀를 드러내자 그의 맞은편 시퍼런 네온사인 위 하이힐 끝이 그의 입으로 돌진했다.

"《대만야보》!" 돌연 붉게 변한 입, 혀끝을 입 밖으로 내밀자 맞은편 커다란 술병에서 포도주가 쏟아져 나왔다.

• 중국 동북 지역의 세 개 성인 랴오닝성, 지린성, 헤이룽장성을 말한다.

•• 살고 있는 곳에서 다른 곳으로 가는 여비를 돌려주겠다는 것으로, 보통 승차권을 보관해야 환급받을 수 있다.

붉은 거리, 푸른 거리, 파란 거리, 보랏빛 거리…… 휘황찬란한 빛들이 도시를 물들였다! 네온사인이 번뜩였다. 오색찬란한 빛의 파도, 변하는 빛의 파도, 색깔이 없는 빛의 파도…… 빛의 파도가 넘실대는 하늘에 술이 있고 조명이 있으며 하이힐이 있고 종이 있다…….

화이트호스 위스키를 마셔요……. 시가 담배는 흡연자의 목을 해치지 않습니다…….

알렉산더 신발 가게, 조니 술집, 나사로 담배 가게, 더시 레코드 숍, 초콜릿 사탕 가게, 캐세이 극장, 해밀턴 호스텔…….

빙빙 돌고 도는, 영원히 도는 네온사인…….

갑자기 멈춘 네온사인.

'황후 나이트클럽.'

유리문이 열릴 때, 인도인의 얼굴이 보였다. 인도인이 사라지자 유리문도 열렸다. 파란 괘자를 입은 사람이 문 앞에 서서 하얀 삽살개 인형을 잔뜩 쥐고는 삐삐 소리를 냈다. 큰 눈을 동그랗게 뜬 커다란 청개구리 한 마리가 배를 바닥에 대고 기어 오더니 유리문 앞에서 주춤 멈춰 섰다. 아름다운 아가씨가 고개를 숙여 차문 밖으로 나오고 턱시도를 입은 신사가 그 뒤를 따라 나와 아가씨의 팔을 잡아당겼다.

"우리 삽살개 한 마리 사요."

신사는 즉시 1위안을 꺼내서 삽살개를 받아 아가씨에게 건넸다.

"어떻게 보답할 거야?"

아가씨는 목을 움츠리고 그에게 날름 혀를 내민 뒤 코를 찡그리며 익살맞은 표정을 지었다.

"친절해, 자기(Charming, dear)!"

그들은 삽살개의 배를 눌러 삐삐 소리를 내면서 성큼성큼 걸어 들어갔다.

3. 즐거운 다섯 사람

하얀 테이블보, 하얀 테이블보, 하얀 테이블보, 하얀 테이블보…… 하얀…….

하얀 테이블보 위에 검은 맥주, 검은 커피…… 검은 것, 검은 것…… 검은 것이 놓여 있다.

하얀 테이블보 앞에 앉은 턱시도를 입은 남자에게서 검은 것과 하얀 것이 어우러져 물결친다. 검은 머리와 하얀 얼굴, 검은 눈동자와 하얀 칼라, 검은 나비넥타이와 빳빳하게 풀 먹인 하얀 셔츠, 검은 덧저고리와 하얀 조끼, 검은 바지와…… 검은 것과 하얀 것이 너울댄다…….

하얀 테이블보 뒤에 서 있는 웨이터는 하얀 웃옷에 검은 모자를 쓰고 검은 테를 두른 하얀 바지를 입고 있다…….

백인의 즐거움과 흑인의 슬픔이 어우러진다. 북소리가 크고 작은 천둥소리처럼 공간을 가르고 큰 나팔 소리가 윙윙 울어댄다. 몰락한 슬라브 공주들이 중앙에서 아프리카 흑인들의 식인 의식 음악에 맞춰 줄지어 몸을 튕기는 전통 춤을 추면서 검은 새틴 아래로 하얀 다리를 튕긴다.

득득득…… 득다!

또다시 너울대는 흑과 백! 왜 그녀들은 가슴 쪽에 하얀 새틴으로 두 번, 아랫배 쪽에 한 번 테를 둘렀을까? 춤추는 슬라브 공주들, 춤추는 하얀 다리, 하얀 가슴, 하얀 아랫배, 춤 속에서 너울대는 흑과 백…… 하얀 것과 검은 것이 한 무더기 어우러지고 댄스홀의 모든 사람이 말라리아에 고통받는다. 말라리아 음악, 독을 내뿜는 모기가 존재하는 아프리카 숲.

에스컬레이터에서 삽살개 인형이 짖어대고 유리문이 열리자 아가씨가 앞에, 신사가 뒤에 서 있다.

"봐요, 이 생생한 사냥춤을!"

"정말 멋지군!" 신사가 말했다.

춤추는 사람들의 대화.

"봐봐, 후쥔이다! 후쥔이가 왔어."

"문 앞에 서 있는 저 중년?"

"맞아. 바로 그 사람."

"옆에 있는 저 여자는 누구야?"

"황다이첸이잖아! 뭐야! 황다이첸도 몰라본다고?"

"내가 황다이첸을 몰라봤다니, 저 사람은 황다이첸이 아니야."

"왜 아니야? 누가 아니라고 해? 내가 장담해!"

"황다이첸은 저렇게 젊지 않아. 저 사람은 황다이첸이 아니야!"

"젊기는 왜 안 젊어. 이제 고작 서른 살쯤 됐을 텐데!"

"저기 저 여자가 서른 살이라고? 스무 살도 안 된 것 같은데……."

"옥신각신은 그만하고 나는 황다이첸이라고 하고 넌 아니라고 하니까. 내기하자고. 난 포도 주스 한 병을 걸겠어. 다시 자세히 봐봐."

황다이첸의 얼굴은 웃고 있었다. 노머 시어러 스타일의 단발머리 아래로 한쪽 눈을 가린 채 눈가에 자글자글한 주름은 검은 눈꺼풀과 긴 눈썹 사이에 교묘하게 감췄다. 높은 코가 만들어내는 음영으로 입가의 주름을 가렸지만, 눈의 초췌한 눈빛은 웃어도 가려지지 않았다.

촉각을 다투듯 빠른 리듬의 나팔 소리가 울려 퍼지자 반은 하얗고 반은 검은 슬라브 공주들이 중앙에서 하얀 테이블보 쪽으로 빠져나와 턱시도를 입은 남자들 사이로 하나둘 섞여 들었다. 유리 접시가 땅에 떨어진 것 같은 작은 심벌즈 소리가 나자 마지막 슬라브 공주가 반쯤 몸을 낮추더니 이내 사라졌다.

우레와 같은 박수 소리가 터져 나왔다.

황다이첸이 삽살개 인형을 후췬이 쪽으로 내던지고 손뼉을 치자, 후췬이가 박수를 치다 말고 허겁지겁 인형을 붙잡고 하하 웃음을 터트렸다.

손님들의 대화.

"좋아. 내기하자고. 난 저 여자는 황다이첸이 아니라고 했어. 어, 잠시만. 난 황다이첸은 저렇게 젊지 않고 이미 서른 살이 다 돼간다고 했어. 저 사람이 황다이첸이라고 한 사람은 너니까 네가 가서 물어봐. 스물다섯 살이 안 됐으면 황다이첸이 아니니까 네가 나한테 포도 주스 한 병을 사."

"저 여자가 스물다섯 살이 넘었으면?"

"내가 네게 한 병 빚진 셈이지."

"좋아! 번복은 안 돼. 알았지?"

"당연하지. 말이라고 해. 빨리 가기나 해!"

황다이첸과 후췬이는 하얀 테이블보 앞에 앉았고, 웨이터가 그녀 옆에서 하얀 수건으로 싼 술병 속 주황빛 술을 발이 높은 술잔에 따랐다. 후췬이가 술을 바라보며 말했다.

"술처럼 빨간 입술이여! 당신 입안의 술은 술보다 더 취하게 해."

"못됐어!"

"한 노래 속 구절이야."

하, 하, 하!

"죄송합니다만, 말씀 좀 여쭙겠습니다. 지금 스무 살입니까, 서른 살입니까?"

황다이첸은 고개를 돌려 손님 갑이 자신 뒤에 서 있는 것을 보았지만, 그가 누구에게 하는 소리인지 도통 영문을 몰라 그저 바라보기만 했다.

"제 말은, 당신은 올해 스무 살입니까? 서른 살입니까? 왜냐하면 저와 제 친구가 저기서……."

"무슨 소리죠?"

"저는 당신이 올해 스무 살인지 물었습니다. 아니면……."

황다이첸은 자신의 심장이 낮의 그 뱀에게 또다시 물린 것 같아 벌떡 일어나 귓불을 때리다가 이내 손을 물린 뒤 입술을 깨물고 테이블에 엎드려 울었다.

후쥔이가 일어나 물었다. "무슨 뜻입니까?"

손님 갑은 왼손으로 왼쪽 뺨을 가린 채 말했다. "죄송합니다. 용서해주세요. 제가 사람을 잘못 봤습니다." 그러고는 허리를 굽혀 인사한 뒤 줄행랑쳤다.

"마음에 담아두지 마, 다이첸. 저 미치광이가 사람을 잘못 봤어."

"쥔이, 내가 정말 늙어 보여요?"

"어디가? 전혀 아니야! 내 눈에 넌 영원히 젊어!"

황다이첸이 갑자기 웃음을 터트렸다. "'당신' 눈에 난 영원히 젊죠! 하하, 나는 영원히 젊어!" 잔을 들었다. "나의 청춘을 축하하며!" 술을 다 마신 뒤 후쥔이의 어깨에 기대 웃었다.

"다이첸, 왜 그래? 왜 그래? 다이첸! 봐봐, 당신 미쳤어! 미쳤다고!" 한편으로는 삽살개의 배를 누르는 바람에 그것이

빼빼 짖어댔다.

"나야말로 안 미쳤어요!" 황다이첸은 돌연 조용해졌다. 그러다 잠시 후 또다시 미친 듯이 웃어댔다. "나는 영원한 젊은이…… 우리 밤새도록 즐겨요." 그러고는 후쥔이를 무대로 끌고 갔다.

테이블만이 덩그러니 남았다.

옆 테이블 사람이 소곤댔다.

"저 여자 미친 거 아니야!"

"황다이첸 아니야?"

"그 여자 맞네! 어쨌든 늙었어!"

"저 여자와 같이 있는 남자는 후쥔이인 것 같은데. 친구가 부른 술자리에서 마주친 적이 있어."

"그러게 바로 그 사람, 황금왕 후쥔이잖아."

"최근 며칠, 금을 몽땅 날렸다는 소문이 파다하지 않았어?"

"사람들이 그렇게 쑥덕거리는 걸 나도 들었어. 하지만 오늘 저 사람이 자신의 '링컨'을 타고 황다이첸과 돌아다니면서 이것저것 잔뜩 사는 것을 봤다니까. 내 생각에 돈을 한 번에 깡그리 날린 건 아닌 것 같아. 게다가 하루아침에 황금왕이 된 것도 아닐 테고."

유리문이 다시 열리고 웃음소리와 함께 들어온 사람은 스물두세 살쯤 되어 보이는 남자로, 비슷한 연배의 사람이 그의 팔을 부축한 채였다. 아주 젊은 아가씨가 초조한 얼굴로 그 옆에서 걷다가 조금 뒤쪽으로 물러났다. 먼저 들어온 사람이, 팔을 들어 엄지손가락으로 대머리를 박박 긁어대는 댄스홀 지배인을 보았다.

"번쩍번쩍 대단한데!"

그는 배를 잡고 웃다가 뒤로 넘어졌다.

모든 사람이 일제히 고개를 돌려 그를 쳐다보았다.

와인 얼룩이 잔뜩 묻은 정장 가슴 앞 셔츠, 이마에 흘러내린 머리카락 한 올, 오한이라도 든 것처럼 축축한 눈동자, 빨갛게 달아오른 두 뺨, 가슴 앞주머니에 아무렇게나 쑤셔 넣은 리넨 손수건.

"저 녀석 술이 떡이 되도록 마셨는데!"

"저 지경이 되도록 마시다니!"

대머리에 긁힌 자국이 난 댄스홀 지배인이 달려가 그를 부축하면서 또 다른 남자에게 물었다.

"정 선생님은 어디서 술을 이렇게 드셨습니까?"

"호텔에서요. 이 지경이 되도록 마셔놓고는 기어이 여기로 오겠다고 고집을 부리지 뭡니까." 또 다른 남자가 갑자기 지배인의 귀에 대고 물었다. "린 아가씨가 이곳에 오지 않았습니까? 그 린니나 말입니다."

"이곳에 있습니다!"

"누구와 함께 왔습니까?"

이때 저쪽 테이블의 여자가 같은 테이블의 남자에게 말했다. "우리 그만 갈까? 저 술고래가 왔어!"

"넌 정핑이 무서워?"

"무서워서가 아니라 술에 취하면 어찌나 모욕을 주는지 감당이 안 되거든."

"나가려면 그 앞을 지나가야 하지 않아?"

여자가 잠결에 말하는 듯 부드러운 목소리로 속삭였다. "우리 나가!"

남자가 고개를 숙여 앞으로 몸을 기울였다. "좋아. 사랑하는 니나!"

린니나가 씩 웃은 뒤 일어서서 걸어갔고 남자가 뒤따라 나갔다.

댄스홀 지배인이 그들에게 삐죽 입을 내밀어 말했다. "저쪽 아닙니까?"

술 취한 남자와 함께 들어온 여자가 끼어들어 말했다.

"정말 네 말이 맞았어. 저 사람은 꺽다리 왕이잖아?

"젠장! 원수는 외나무다리에서 만난다더니!"

꺽다리 왕과 린니나가 다가왔고 린니나는 정핑을 보고는 고개를 숙인 채 조용히 외쳤다. "밍신!"

"니나, 나 여기 있어. 겁내지 마!"

정핑은 그곳에서 웃고, 웃으며 또 웃었다. 어찌 된 일인지 웃다가 눈물을 흘렸고, 돌연 눈물이 글썽글썽한 눈에 자신을 향해 걸어오는 니나가 보여서 기뻐 소리를 지르려던 참이었다.

"니……."

눈물을 훔치고 훔쳤지만, 또렷이 보이는 건 꺽다리 왕의 팔에 매달려 있는 니나였다.

"니…… 너! 젠장, 뭐야!" 팔을 버둥거리며 뿌리쳤다.

그의 친구가 황급히 다시 팔을 붙잡았다. "사람을 잘못 본 거야." 그를 붙잡고 앞으로 걸어갔다. 함께 온 그 아가씨가 니나에게 고개를 끄덕였고, 니나는 살짝 미소를 짓고 고개를 끄덕인 뒤 정핑을 노려보는 꺽다리 왕과 문 쪽으로 걸어가 유리문을 열고 나갔다. 마침 한 쌍의 남녀가 유리문을 열고 들어오는 통에 문 위의 네온사인이 유리에 반사되어 반짝였다.

꺽다리 왕의 뇌리에 한 가지 생각이 스쳐 지나갔다. '저 여자는 예전에 날 버린 즈쥔이잖아? 왜 먀오쭝단과 함께 있지?'

즈쥔의 뇌리에 한 가지 생각이 스쳐 지나갔다. '꺽다리 왕은 또다시 새 여자친구를 사귀었네!'

꺽다리 왕은 왼쪽 문을, 즈쥔은 오른쪽 문을 밀었고, 유리문이 움직이자 유리에 반사된 네온 불빛이 번뜩였다. 꺽다리 왕이 이내 니나의 팔꿈치를 잡고 다정다감하게 속삭였다. "자기(Dear)!"

즈쥔이 이내 먀오쭝단의 팔에 매달려 고개를 비스듬히 들었다. "쭝단……." 부산스러운 쭝단의 머릿속은 이랬다. '이상 먀오쭝단 군에게, 시장이 손수 쓴 편지, 시장이 손수 쓴 편지, 먀오쭝단 군에게…….' 유리문이 닫히자 문의 푸른 벨벳이 꺽다리 왕 커플과 먀오쭝단 커플을 분리했다. 복도를 걸을 때 허겁지겁 달려오는, 북을 치는 뮤지션 조니와 마주치자 먀오쭝단이 손을 흔들었다.

"안녕, 조니(Hello, Johny)!"

조니는 눈을 굴리고 다시 앞으로 걸어갔다. "나중에 이야기해요."

안으로 들어선 먀오쭝단이 막 즈쥔을 앉게 했을 때 맞은편 테이블 쪽에서 머리가 엉클어진 사람이 눈에 들어왔다. 그 사람이 갑자기 팔을 홱 뿌리치면서 옆 테이블에 놓인 술잔을 건드렸고, 주황빛 술이 쏟아져 후쥔이의 다리에 튀었으며, 후쥔이와 대화하던 황다이첸이 놀라 벌떡 일어났다.

후쥔이는 영문도 모른 채 일어났다. "술잔이 왜 엎어졌지?"

황다이첸은 정펑을 바라보았고 정펑은 눈을 흘기며 말했다. "젠장, 뭐야!"

그의 친구가 정펑을 의자에 앉힌 뒤 후쥔이에게 사과했다. "죄송합니다. 술이 됐습니다."

"상관없습니다!" 후쥔이는 손수건을 꺼내 황다이첸에게 옷을 버리지 않았는지 묻는 순간 자신의 바지가 젖었음을 깨닫고는 그만 저도 몰래 허탈하게 웃었다.

하얀 옷을 입은 웨이터들이 일제히 달려들어 그들을 에워싸서 가렸다.

이때 조니가 다가와 즈쥔의 옆에 앉았다.

"어때? 베이비(Baby)?"

"고마워요. 아주 좋습니다."

"조니, 슬퍼 보여(Johny, you look very sad)!"

조니는 어깨를 으쓱한 뒤 미소 지었다.

"무슨 일이야?"

"아내가 지금 집에서 아이를 낳고 있습니다. 방금 전화해서 돌아오라더군요. 조금 전 내가 급하게 뛰어나가는 걸 보지 않았습니까? 지배인에게 말했지만, 허락해주지 않았어요." 여기까지 말했을 때 한 웨이터가 달려와 말했다. "조니 씨, 전화 왔어요." 조니는 또다시 부리나케 달려갔다.

조명이 켜졌을 때는 또다시 주황빛 술이 놓인 후쥔이의 테이블, 또다시 황다이첸의 얼굴과 지척인 후쥔이의 얼굴, 희끗희끗한 머리와 시름겨운 얼굴로 말없이 앉은 정펑, 손수건으로 땀을 닦는 그의 친구가 모습을 드러냈다. 즈쥔은 뒤에서 누군가가 자신을 보는 듯해서 고개를 돌렸는데 지제였고, 그의 두 눈동자는 마치 칠흑 같은 밤처럼 깊고 깊어 그 안에 무엇이 있는지 알 길이 없었다.

"이쪽으로 오실래요?"

"아닙니다, 전 그냥 혼자 있고 싶습니다."

"왜 구석에 앉아 있어요?"

"전 조용한 것을 좋아합니다."

"혼자 왔어요?"

"저는 고독을 사랑합니다."

지제가 시선을 돌려 마치 송장처럼 천천히 즈쥔의 검은 힐을 뚫어져라 쳐다보자 즈쥔은 자신도 모르게 부들부들 떨며 머리를 돌렸다.

"누구?" 먀오쭝단이 물었다.

"우리 학교 졸업생. 내가 1학년이었을 때 저 사람은 졸업반이었어."

먀오쭝단은 성냥개비를 분질렀다. 한 개, 또 한 개 분질러 재떨이에 담았다.

"쭝단, 오늘 왜 그래? 무슨 일 있어?"

"아무것도 아니야!" 그는 허리를 펴고 눈을 들어 즈쥔을 바라보았다.

"당신, 결혼해도 되겠어, 쭝단."

"난 돈이 없어."

"시청 공무원 월급으로 부족해? 넌 유능하잖아."

"유능……." 쭝단이 말을 삼켰을 때 마침 조니가 전화를 받고 돌아와 다가왔다. "무슨 일이야?"

조니는 먀오쭝단 앞에 서서 천천히 말했다. "남자아이를 낳았지만 죽었대요. 아내는 기절했고, 사람들은 돌아오라는데 돌아갈 수가 없어요."

"기절했다고, 어쩌다?"

"모르겠어요." 침묵하다가 잠시 후 대답했다. "울고 싶은데 사람들은 날 보고 웃으라고 하죠!"

"유감이야, 조니(I'm sorry for you, Johny)!"

"힘내자고요(Let's cheer up)!" 조니는 술 한 잔을 단숨에 들이켜고는 일어나 자신의 다리를 치면서 펄쩍펄쩍 뛰며 말했다. "날개가 돋았어. 난 날 수 있어! 아, 난 날 수 있어. 난 날 수 있어!" 그렇게 펄쩍펄쩍 뛰면서 날아갔다.

즈쥔은 허리가 휘청거릴 정도로 웃었고, 다이첸은 손수건으로 입을 가렸으며, 먀오쭝단은 하하 큰 소리로 웃었고, 정핑도 갑자기 배를 움켜쥐고 웃었다. 후쥔이는 술 한 모금을 서둘러 삼키고는 따라 웃었다.

하, 하, 하! 하! 하! 하, 하, 하, 하! 하, 하, 하하!

손수건을 어딘가로 던져버린 다이첸은 의자 등받이에 등을 기댄 채 빨간 네온사인을 바라보았다. 모든 사람이 일제히 따라 웃었다. 벌어진 입, 벌어진 입, 벌어진 입…… 보면 볼수록 그것은 입 같지 않았다. 다들 얼굴이 완전히 달라져 정핑은 뾰족한 턱이, 후쥔이는 둥근 턱이 생겼고 먀오쭝단은 목젖이 튀어나올 듯 턱과 입이 갈라졌고, 다이첸은 턱 밑 주름이 자글자글했다.

오직 지제 한 사람만 웃지 않고 해부용 칼 같은 눈으로 조용히 그들을 바라보면서 깊은 숲속에 잠복한 사냥개처럼 귀를 쫑긋 세워 웃음소리 하나하나를 해석하려고 들었다.

먀오쭝단은 해부용 칼 같은 눈빛과 쫑긋 세운 귀를 보고서 돌연 귀에 꽂히는 자신의 웃음소리는 물론 다른 사람의 웃음소리를 들으며 속으로 생각했다. '정말 괴상한 웃음소리야!'

후쥔이도 들었다. '이게 내 웃음소리라고?'

황다이첸은 어렸을 때 꿈에서 깨어난 뒤 어두운 집을 보고 큰 소리로 "무서워!"라고 외쳤던 기억을 희미하게 떠올렸다.

정핑은 아련했다. '이게 사람의 목소리라고? 저 사람들은 왜 웃고 있지!'

잠시 뒤 네 사람은 일제히 웃지 않았고, 사방에서 웃음을 삼키느라 키득대는 소리가 들렸지만 얼마 지나지 않아 사라졌다. 불 한 점, 사람 한 명 없는 으슥한 밤 숲에서 기댈 만한 것을 찾고 싶은, 그런 두려움과 외로움이 그들을 덮쳤고, 작은 심벌즈 소리와 함께 조니가 무대에 섰다.

"힘내세요, 신사 숙녀 여러분(Cheer up, ladies and gentlemen)!"

그러고는 리듬감 있게 이는 회오리바람처럼 빠르게 큰북을 둥둥 쳤다. 쌍쌍의 남녀들이 죄다 중앙으로 휩쓸려 들어가 회오리바람을 따라 돌았다. 황다이첸은 후쥔이를 끌고 들어갔고 먀오쭝단은 시장의 손 편지마저 뒷전으로 내팽개쳤으며 정핑이 막 일어나려 할 때 그를 부축해 들어온 친구는 이미 그 아가씨의 허리에 팔을 얹은 뒤였다.

"다들 도망쳐! 다들 도망치라고!" 정핑은 도로 앉아 갑자기 손으로 얼굴을 가리고 고개를 숙인 채 도망칠 수 없다는 심정이 되었다. 문득 마음이 명료해진 듯, 조금도 취하지 않은 듯했다. 고개를 들자 자신이 술잔을 엎었던 그 테이블의 아가씨가 중년 신사와 함께 빠르게, 미친 듯이 온 장내를 휘젓고 다니며 춤추는 게 보였다. 춤추던 한 쌍의 연인이 쏜살같이 그의 앞에 이르렀다가 다시 돌며 사라졌다. 또다시 한 쌍이 다가왔다가 사라졌다. "도망칠 수 없어! 도망칠 수 없어!" 숨을 곳을 찾으려는 듯 주위를 두리번거리다가 자신을 응시하는 지제와 눈이 마주치자 다가가 말했다. "친구, 내 우스갯소리 한번 들어봐요." 그러고는 수다를 떨듯 말을 늘어놓았다. 지제는 아무 말 없이 그를 바라보며 속으로 읊조렸다.

'무엇이 당신이야! 무엇이 나고! 나는 무엇이야! 넌 무엇이고!'

정핑은 자신 앞의, 꼼짝도 하지 않는 화석화된 눈동자를 보았지만 아랑곳하지 않고 떠들어대며 웃었다.

즈쥔과 먀오쭝단은 춤을 추고 돌아와 테이블에 앉았다. 즈쥔은 살짝 숨을 헐떡거리며 정핑의 농담을 듣고, 나지막이 웃다가 웃음을 그치기도 전에 먀오쭝단에게 이끌려 또다시 중앙으로 나갔다. 지제의 귀는 정핑의 말을 듣고 있었지만, 손가락은 성냥개비를 부러뜨리고, 다 부러뜨리면 성냥갑을 뜯어 찢고, 다 찢으면 웨이터를 불러 다시 가져다달라고 부탁했다.

웨이터가 새 성냥갑을 들고 와서 말했다. "선생님, 테이블에 부러진 성냥개비가 수북해요!"

"사 초에 성냥 하나를 여덟 개로 부러뜨릴 수 있으니 한 시간이면 한 갑 반, 지금은…… 지금 몇 시죠?"

"2시가 조금 안 됐습니다, 선생님."

"그럼, 성냥 여섯 갑을 부러뜨린 다음 떠나면 됩니다." 그러면서 계속해서 성냥개비를 부러뜨렸다.

웨이터는 그에게 눈을 흘기고는 가버렸다.

손님들의 대화.

손님 병. "저놈 참 재미있네. 여기 와서 성냥을 부러뜨리네. 1위안이면 집에서 하루 종일 부러뜨릴 수 있지 않아?"

손님 정. "밥 먹고 할 일이 없으니 이곳에 와서 성냥이나 부러뜨리고 있지. 행복한 사람이야."

손님 병. "그럼 인사불성이 된 저 바보야말로 행복하지 않아? 들어오자마자 남의 술을 엎어버리지를 않나, 다른 사람에게 삿대질을 하지 않나, 지금은 젖 먹던 힘까지 짜내 농담을 하고 있질 않나."

손님 정. "이 줄 몇몇 사람은 죄다 행복한 사람들이지! 봐봐, 황다이첸과 후쥔이, 그리고 그들 맞은편에 있는 저 두 사람, 얼마나 신나게 추고 있어!"

손님 병. "그러게. 저러다 다리가 남아나는지 몰라. 늦었어. 지금 몇 시야?"

손님 정. "2시 넘었어."

손님 병. "가볼까? 많은 사람이 빠져나갔어."

유리문이 열리고, 남녀 한 쌍, 넥타이가 삐뚤어진 남자와 머리를 산발한 여자가 걸음을 재촉했다.

다시 유리문이 열리고 또 남녀 한 쌍, 넥타이가 삐뚤어진 남자와 머리를 산발한 여자가 걸음을 재촉했다.

서서히 비어가는 댄스홀은 한산해 보였고, 왔다 갔다 하는 지배인의 대머리만이 붉었다가 푸르렀다가 파랗다가 희었다가 번뜩번뜩했다.

후쥔이가 자리에 앉아 손수건으로 목의 땀을 닦으며 말했다. "우리 한 곡은 건너뛰고 좀 쉴까?"

황다이첸이 말했다. "좋아요. 아니다, 왜 안 춰요? 난 오늘 스물여덟 살이고, 내일이면 스물여덟 살하고 하루를 더 먹는데! 하루 더 먹는다고요! 난 하루가 다르게 늙어가고 있다고요. 여자는 하루라도 더 젊어야 해요! 아직 젊을 때 조금이라도 더 춰야지 왜 안 춰요!"

"다이첸……." 후쥔이는 손수건을 손에 쥔 채 다시 무대로 끌려갔다.

춤을 추던 먀오쭝단은 위에 나란히 매달린 풍선 꾸러미의 줄이 느슨해진 것을 보고는 즉시 뛰어올라 하나를 낚아채 즈쥔의 얼굴을 툭툭 치며 말했다. "받아. 이것이 세상이야!" 즈쥔은 풍선을 자신들의 얼굴 사이에 놓고 웃으며 말했다.

"당신은 서반구에, 나는 동반구에 있어!"

누가 그들의 풍선을 튕겼는지 풍선은 부딪혀 터지고 말았다. 미소 짓던 먀오쭝단의 얼굴이 갑자기 얼어붙었다. "이것이 바로 세상이야! 봐봐, 터져버린 풍선…… 터져버린 풍선아!" 먀오쭝단은 갑자기 즈쥔 쪽으로 가슴을 내밀어 스케이트를 타듯 미끄러지며 빠져나가 사람들 사이를 빙빙 돌았다.

"그만해, 쭝단. 나 숨차 죽을 것 같아!" 즈쥔은 웃으며 숨을 헐떡였다.

"상관없어. 지금 3시가 넘었어. 4시면 문을 닫아. 얼마 안 남았다고! 추자고! 춰!" 돌연 누군가와 부딪혔다. "죄송합니다!" 그러고는 또다시 미끄러져 나갔다.

지제가 부러뜨린 성냥이 수북했다.

한 갑, 두 갑, 세 갑, 네 갑, 다섯 갑…….

정핑은 아직도 그곳에서 농담을 하고 있었지만, 자신조차도 무슨 말을 지껄이는지 모른 채 그저 실컷 웃고 실컷 떠들었다.

옆에 선 웨이터가 하품을 해댔다.

정핑이 불쑥 하던 말을 멈추고 입을 닫았다.

"입이 마르나요?" 지제는 왠지 모르게 미소를 지었다.

정핑은 아무런 대꾸 없이 그저 흥얼거렸다.

> 낯선 사람이여!
>
> 예전에 나는 당신을 나의 연인이라고 불렀습니다
>
> 지금 당신은 나를 낯선 사람이라고 말합니다!
>
> 낯선 사람이여!

지제는 시계를 본 뒤 손을 비비고 성냥을 내려놓았다. "아직 이십 분 남았어."

시간의 발소리가 째깍째깍 매초마다 정핑의 심장을 때리며 기어가는 개미처럼 울렸다. 한 마리 또 한 마리가 그렇게 빠르게, 또 그렇게 줄줄이 끝도 없이 이어졌다. "고개를 들고 꺽다리 왕을 기다리는, 니나의 입매여! 일 초가 지나면 바뀌는 자세, 다시 일 초가 지나면 또다시 바뀌는 자세, 그렇게 변해 온 키스를 기다리는 자세는 지금 어떻게 바뀌었을까?" 심장이 점점 쪼그라드는 것 같았다. "농담 좀 해!" 하지만 농담조차도 말랐다.

시간의 발소리가 째깍째깍 매초마다 황다이첸의 심장을 때리며 기어가는 개미처럼 울렸다. 한 마리 또 한 마리가 그렇게 빠르게, 또 그렇게 줄줄이 끝도 없이 이어졌다. "일 초가 다르게 늙어가고 있어! '여자는 5년을 못 가.' 내일이면 노파가 되어 있을지도 몰라!" 심장이 점점 쪼그라드는 것 같았다. "춤이나 추자!" 하지만 피곤한 나머지 춤을 출 수가 없었다.

시간의 발소리가 째깍째깍 매초마다 후쥔이의 심장을 때리며 기어가는 개미처럼 울렸다. 한 마리 또 한 마리가 그렇게 빠르게, 하지만 또 그렇게 줄줄이 끝도 없이 이어졌다……. "날이 밝으면 황금왕 후쥔이는 파산한 사람으로 추락할 것이다! 법원과 경매장, 감옥……." 심장이 점점 쪼그라드는 것 같았다. 그는 침대 옆 작은 탁자에 놓인 수면제 병을, 돼지갈비를 발라내는 식당의 칼을, 바깥의 자동차에서 조는 슬라브 왕자가 허리춤에 찬 15센티미터 권총을, 그 시커먼 총구멍을…… 떠올렸다. "이 작은 것에 뭐가 들었겠어?" 갑자기 잠이 간절하고 검은 총구멍이 간절했다.

시간의 발소리가 째깍째깍 매초마다 먀오쭝단의 심장을 때리며 기어가는 개미처럼 울렸다. 한 마리 또 한 마리가 그렇게 빠르게, 또 그렇게 줄줄이 끝도 없이 이어졌다……. "다음 주부터 나는 자유의 몸이야. 더는 똑바르게 글을 쓸 필요도, 아침 댓바람부터 펑린교로 달려갈 필요도 없어. 22번 버스에 홀로 앉아 마음을 졸이지 않아도 돼. 무슨 말이 더 필요하겠어? 그래, 나는 자유의 몸이야!" 심장이 점점 쪼그라드는 듯했다. "즐기자! 취하도록 마시자! 내일부터는 월급이 없는 날들이잖아!" 시청에서 일하는 누가 먀오쭝단이 이렇게 타락하고 방탕한 생각을 가졌을지 상상이나 했겠는가? 그렇게나 조심스럽고 소심한 사람이! 불가능한 일이지만 불가능한 일도 언젠가는 일어나기 마련이었다!

하얀 테이블보 앞에 앉은 아가씨들이 하나둘 일어나 손에 쥔 핸드백에서 손거울을 꺼내 자신의 코에 대고 분을 찍어 바르며 생각했다. '나만큼 깜찍한 사람도…….' 그녀들은 그저 자신의 코든, 눈동자 하나든, 입이든, 머리카락이든, 한 부분만 보았을 뿐 자신의 전체 얼굴을 보지 않았기 때문이다. 신사들은 모두 담배를 꺼내 성냥을 그어 자신들의 마지막 개비에 불을 붙였다.

무대에서 소리가 흘러나왔다.

"잘 자요, 자기!" 장난스러운 짧디짧은 가락이었다.

"마지막 곡입니다!" 다들 일어나 춤을 추고 장내에 보이는 건 그저 난장판이 된 줄지어 선 하얀 테이블보와 어두운 구석에서 빗자루를 들고 기다리는 웨이터들의 하품하는 입뿐이었으며 지배인의 대머리가 여기저기서 번들거렸다. 유리문이 활짝 열리고 한 무리, 또 한 무리의 남녀가 몽환의 세계에서 밝은 복도로 걸어 나갔다.

쿵 하는 큰북 소리와 함께 장내의 하얀 조명이 일제히 켜지자 무대에 있던 뮤지션들이 몸을 숙여 자신들의 악기를 정리했다. 빗자루를 든 웨이터들이 우르르 뛰어나왔고 입구에 선 지배인이 한 사람 한 사람에게 잘 가라고 인사를 건넸다. 잠시 후 댄스홀은 휑했다. 남은 것은 난장판이 된 텅 빈 공간과 바닥에 내려앉은 적막이었다. 하얀 조명이 몽환을 깡그리 몰아냈다.

먀오쭝단은 자신의 테이블 앞에 섰다. "터져버린 풍선 같잖아!"

황다이첸은 그를 쓱 보았다. "터져버린 풍선 같잖아!"

후쥔이는 한숨을 쉬었다. "터져버린 풍선 같잖아!"

정핑은 술에 취해 지끈거리는 관자놀이를 눌렀다. "터져버린 풍선 같잖아!"

지제는 중앙에 매달린 커다란 조명을 응시했다. “터져버린 풍선 같잖아.”

풍선이란 무엇인가? 무엇이 터져버린 풍선인가?

조니가 눈썹을 찡그리며 천천히 걸어 들어왔다.

“굿나이트, 조니(Good-night, Johny)!” 먀오쭝단이 말했다.

“내 아내마저도 죽었어요!”

“정말 유감이야, 조니(I'm awfully sorry for you, Johny)!” 먀오쭝단이 그의 어깨를 두드렸다.

“떠날 준비가 되셨나요?”

“가도 그만, 안 가도 그만이지!”

황다이첸. “어디를 가든 내 젊음은 결코 돌아오지 않아.”

정핑. “어디를 가든 니나는 결코 돌아오지 않아.”

후쥔이. “어디를 가든 80만 위안의 가산은 결코 돌아오지 않아.”

“잠깐만요! 한 곡 더 연주할 테니, 춤들 추실래요? 어때요?”

“좋아.”

조니는 무대로 가서 바이올린을 가지고 온 뒤 댄스홀 중앙에 섰다. 턱 밑에 바이올린을 걸고 천천히, 아주 천천히 연주했다. 갈색 눈동자에서 현 위로 두 방울의 눈물이 뚝뚝 떨어졌다. 영혼이 없는 듯 지친 세 쌍의 사람들, 지제와 정핑이 함께, 후쥔이와 황다이첸이 함께, 먀오쭝단과 즈쥔이 함께, 그의 주위를 에워싸고 춤을 추었다.

느닷없이 팅! 한 줄의 현이 뚝 끊어졌다. 조니가 고개를 숙이고 손을 내렸다.

"어쩔 수가 없어요(I can't help)!"

춤추던 사람들도 멈춰 서서 그를 멍하니 바라보았다.

정핑이 어깨를 으쓱하며 말했다. "누구도 어쩔 수가 없어(No one can help)!"

지제가 끊어진 현을 보고 불쑥 말했다. "이게 그의 삶의 전부야(C'est totne, sa vie)."

한목소리가 다섯 사람의 귀에 대고 속삭이듯 허풍을 떨었다. "누구도 어쩔 수가 없어(No one can help)!"

다섯 사람은 유령처럼 말없이 지친 몸과 마음을 이끌고 한 걸음 또 한 걸음 걸어 나갔다.

바깥에 세워진 후쥔이의 자가용 옆에서, 갑자기 펑 하는 소리가 났다.

타이어? 총소리?

태양혈에 총구멍이 뚫린 채 땅바닥에 드러누운 황금왕 후쥔이의 얼굴이 피로 흥건한 채 고통스럽게 일그러졌다. 황다이첸은 겁에 질린 채 차 안에서 얼어붙었다. 사람들이 달려와 보고, 고함을 지르며 묻고, 발을 동동 구르며 소란을 떨고, 의논하고 탄식하면서 다시 흩어졌다.

날이 서서히 밝아왔다. 황후 나이트클럽 문 앞에 누운 후쥔이의 시신 옆에 다섯 사람, 조니, 지제, 마오쭝단, 황다이첸,

정핑이 서서 말없이 바라보았다.

4. 마지막을 배웅하는 네 사람

1932년 4월 10일, 네 사람이 민국 공동묘지를 나섰다. 후쥔이를 안장하기 위해 온 사람들이었다. 시름하느라 머리가 희끗희끗한 정핑, 실업자가 된 먀오쭝단, 스물여덟 살하고 나흘을 더 산 황다이첸, 해부용 칼 같은 눈을 부릅뜬 지제였다.

황다이첸. "인간으로 사는 것에 정말 지쳤어요!"

먀오쭝단. "저 사람이야말로 오히려 인간답게 된 것 같아요! 저 사람처럼 좀 쉴 수 있으면 얼마나 좋겠습니까!"

정핑. "노인의 심정이 이해 가요!"

지제. "당신들이 하는 말, 전혀 이해하지 못하겠어요."

다들 잠자코 있었다.

긴 기차의 행렬이 지나가고, 지나가고, 지나가고, 긴 철로 위에서 덜커덕덜커덕 길게 숨을 내쉬었다.

아득히 먼 도시의 아득히 먼 여정이여!

다들 한숨을 내쉰 뒤 천천히 걸었다. 걷고 또 걸었다. 앞은 길고 적막한 길이었다…….

아득히 먼 도시의 아득히 먼 여정이여!

거리 풍경

맑은 햇살이 고즈넉한 가을 거리에 출렁인다.

청량한 가을 정취가 물씬 풍기는 오후의 거리.

세 수녀가 황금빛 머리에 새하얀 모자를 눌러쓰고 검은 제복을 끌며 천천히 걸어간다. 바람이 불자 나뭇잎 사이로 부서지는 햇빛이 비처럼 그녀들의 모자에 쏟아진다. 부드러운 대화가 그녀들의 입술에서 산들바람처럼 새어 나온다.

"또다시 가을이에요."

"그러게요! 가을이 되면 고국의 풍경이 떠올라요. 따사로운 햇살이 쏟아지는 지중해! 청동빛처럼 차가운 북극 같은 중국에서 가을을 맞이한 지도 벌써 일곱 번째예요."

"내 남동생은 아마 지금도 홑옷을 입고 있을 거예요."

"당신의 남동생이 내 여동생의 연인이었으면 좋겠네요."

"아멘!"

"아멘!"

낮고 긴, 푸른 사과 빛깔의 스포츠카 한 대가 아무런 기척 없이 스쳐 지나간다. 과일 바구니, 물통 두 개, 육포, 빵, 유리컵, 사이다, 포도 주스, 유행하는 옅은 회색, 굵직굵직한 파마, 폴라로이드 사진기, 지팡이, 모자(Cap), 하얀 벨벳 프랑스 모자 등과 함께 두 쌍의 남녀가 차 안에 있다. 차는 지나갔지만 유쾌한 웃음소리는 아직 공기를 맴돈다.

"소풍!"

"소풍!"

아무도 지나가지 않는 스산한 길모퉁이에 늙은 거지가 양가죽 괘를 한쪽에 내던진 채, 실명된 한 눈과 검은 눈동자가 없는 한 눈을 치뜬 채 더러운 뱃가죽을 내놓고 햇볕을 쬐면서 말없이 묵묵히 앉아 있다. 구릿빛 얼굴, 구릿빛 입술, 구릿빛 눈썹……. 하얀색이라고는 찾아볼 수 없는 단순한 색조의 얼굴에 자글자글 잡히는 주름이 여기저기 들끓는다. 어깨까지 뻗친 머리는 쓰레기 더미 옆, 이리저리 밟혀 우중충한 쌓인 눈 같다. 그는 미동도 하지 않은 채 앞쪽의 도랑을 바라본다. 파리 한 마리가 그의 이마에 서서 꼼짝도 하지 않고 지방층 없는 피부를 바라본다.

마찬가지로 가을 정취가 물씬 풍기는, 맑고 경쾌한 오후다.

기관차가 뚜 소리를 내지르자 뿌연 매연이 승강장을 가로지르고 역장의 손에 들린 붉은 깃발이 농익은 사과처럼 밑으로 떨어진다. 승강장이 물러난다. 어머니의 얼굴에서, 아내의 얼굴에서 줄 끊어진 염주처럼 눈물이 뚝뚝 떨어지고 형과 아버지가 달려간다.

쾅, 쾅, 쾅! 돌고, 돌고, 쾅쾅쾅, 기차의 바퀴는 영원히 도는 바퀴다. 어머니와 아버지, 플랫폼, 형, 기차역, 아내, 아내, 아내가…… 바퀴 속으로 소멸한다. 쪽빛 무명 포대를 어깨에 걸치고, 그 안 찐빵에 한 손을 얹은 채 창밖으로 내민 머리를 거둔다. 눈가에 맺힌 눈물을 들키지 않으려 슬쩍 훔친다. 하지만…… 저 먼 곳의 태양, 저 먼 곳의 도시! 눈물 뒤의 눈에는, 성실한 입에는 미소가 걸린다.

이마의 살갗이 움찔하자 파리가 날아가 그의 머리 위를 한 바퀴 돌다 또다시 돌아와 자리를 잡는다. 그는 고장 난 축음기처럼 반복해서 중얼거린다.

"당시 상하이에는 전깃불도 아직 없었고, 이렇게 널찍한 도로도, 자동차도…… 아직 없었어……. 이렇게 널찍한 도로도, 전깃불도, 자동차, 자동차, 자동차도…… 아직 없었어……."

(돌이 깔린 길을 가득 메운 마차가 뚜벅뚜벅 달려갔다. 마차에는 난초와 대나무 잎이 그려진 새틴 도포를 입은 나리들이 앉았고 여자들이 입은 옷은…… 원보 칼라, 여의• 밑단으로…… 옷섶에서 재스민

• '원보'는 고대 화폐로, 돈과 부를 상징한다. '여의'는 소원이 이루어짐을 의미한다. 즉 물질적 부의 추구라는 자신의 소원이 이루어지기를 바라는 것이다.

향기가 은은하게 풍겨왔다.)

"땅콩 한 봉지에 2문이요. 한 봉지에 2문, 커다란 한 봉지가 2문, 한 봉지에 2문이요."

(그는 상하이에 도착한 첫날 진 씨네 둘째 형 집에서 묵었다. 둘째 형은 땅콩을 팔아 생계를 유지하는 사람으로 그 역시 형을 따라 땅콩을 팔았다. 형은 바구니를 제조국 앞에 놓고 오가는 인부들에게 팔았다. 그들은 하나같이 변발한 사람들이었다.)

"하나같이 변발한 사람들이었어. 하나같이 변발한 사람들이었지. 하나같이 변발한 사람들이었어."

(진의 둘째 형은 골목 곳곳을 누비며 외쳤다.

"땅콩!"

그도 형을 따라 골목 곳곳을 누비며 소리쳤다.

"땅콩!"

"왜 허구한 날, 날 졸래졸래 따라다녀?" 진의 둘째 형이 불퉁거렸다.

그는 히죽히죽 웃었다.

"내 말은, 넌 네 길 가고 난 내 길 가고. 각자 따로 다녀야 많이 팔 것 아니냐고. 나랑 한번 붙어보자는 심사로 졸래졸래 따라다니는 거야?"

그는 히죽히죽 웃었다.

다음 날, 진의 둘째 형은 아침 일찍 일어나 혼자 휑하니 가버렸다!)

"그때 난 형의 집에 살았는데, 형이, 형이 어디로 가버렸는지 알 길이 없었어. 형, 형, 그때 난 형의 집에 살았는데." 그는 한숨을 내쉰다.

(변발을 발꿈치까지 늘어뜨린 채 긴 괘를 입은 나리가 말했다.

"땅콩 장수, 한 봉지에 3문이오?"

그는 얼굴을 붉히고 고개를 숙인 채 "그렇습니다, 나리"라고 중얼거렸다.

'나리'는 세 봉지를 사겠다면서 동전 한 닢을 주면서 거스름돈은 필요 없으니 가지라고 했다. 돈을 받아 든 그는 어리둥절한 채 울고 싶은 심정이 되었다. 사람을 속이지 말았어야 한다고 후회했다. 다만 그날 밤, 그는 진의 둘째 형을 부추겨 편지를 대필해주는 곳으로 달려갔다. 야윈 얼굴에 수염을 덥수룩하게 기른 대필 선생이 등불 아래에서 붓끝을 입에 물고 그를 바라보았다.

"이렇게 써줘요. 나는 상하이에 잘 도착해 진의 둘째 형네 묵고 있으니 안심해. 상하이는 정말 놀기 좋은 곳이야. 마차도 있고, 전깃불도 있다니까. 그건 기름이 필요 없는 불이야. 돌이 깔린 도로도 있어. 세상에 돌이 깔린 도로라니. 상하이는 천국보다 좋은 곳이야. 돈 벌면 이곳으로 놀러 올 수 있게 부를 작정이야. 원보가 넘쳐나는 상하이에서 열심히 돈 벌어 부자가 되면 다시 연락할게. 내일이면 부자가 될지도 몰라.")

"내일이면 부자가 될지도 몰라. 내일이면…… 서른이 넘을지도 몰라."

(날이면 날마다 골목 곳곳을 누비며 외쳤다.

"땅콩!"

돈이었다! 1문, 2문, 3문…… 매일 밤 매끄러운 동전을 만지작거리며 히죽히죽 웃었다. 하루, 이틀, 사흘! 1년, 2년, 3년! 혁명당이 들이닥쳐 룽화사를 들쑤셨다. 진의 둘째 형이 도망치자 그도 따라 도망치다 도중에 붙잡혀 변발이 싹둑 잘려 나가고 차곡차곡 모아둔 염낭 속 15위안도 빼앗겼다. 그는 무릎을 꿇고 머리를 조아리며 울며 빌었다.

"돌려주세요! 나리! 온 가족이 그 15위안만 기다리고 있습니다! 돌려주세요! 돌려주세요!"

변발도, 돈도 사라지고 그곳에 앉아 울먹였다. 머리 위로 총알이 휙휙 날아가고 옆에서 사람들이 푹푹 쓰러졌다. 흉포한 구타였다!)

"흉포한 구타였어! 대포를 쏘면서 많은 사람을 죽였지. 수많은 혁명당원이 대포를 팡팡팡, 팡팡팡 쐈어."

(쾅! 쾅, 쾅, 쾅! 돌고, 돌고, 쾅쾅쾅, 기차의 바퀴는 영원히 도는 바퀴였다. 고향에는 따뜻한 햇볕도, 하얀 양들도 있었다.)

그는 코를 닦고 바지 주머니를 꼼지락꼼지락 뒤지고 뒤져 겨우 편지 한 통을 꺼내 한쪽 눈을 찡그리고 바라본다. 흰 종이 위 검은 글자들이 파리처럼 한 마리 한 마리 서 있다. 편지 대필 선생이 읽어준 내용을 기억해낸다.

"당신이 큰돈을 벌었다는 소식에 얼마나 기뻤는지 몰라요. 이웃 사람들이 우르르 달려와서 축하해줬어요. 닭 한 마리를 잡아 대접했고요. 큰돈을 벌더라도 돈은 언제나 아껴 써야 해요. 겨울을 난 뒤 상하이로 며칠 놀러 갈까 해요……."

(하지만 돈은 생활하느라 쓴다고! 그는 그 뒤로 가족의 편지를 받지 못했다. 편지도, 변발도, 돈도 사라졌다. 매일 거리로 나섰다.

"나리, 좋은 일 좀 하세요. 고향으로 돌아갈 찻삯이 필요합니다!" 그는 편지를 꺼내 보여주었다. 돈을 써서 다음 달에 돌아간다고 답신을 쓰고, 다음 달이 되면, 또다시 한 달 뒤에 돌아갈 수 있다고 써서 보냈다. 그렇게 한 해 또 한 해 늙어갔고 고향 집에서도 더는 답신이 오지 않았다. 집이여! 정말로 집에 돌아가고 싶었다!)

"정말로 집에 돌아가고 싶어! 죽어도 집에서 죽어야지. 집아! 집아!"

(당시 그는 툭하면 역으로 달려가 매표소 직원에게 무릎을 꿇고 머리를 조아려 자신을 들여보내달라고 애원했다.)

'그들은 나를 들여보내주려 하지 않았어. 들여보내주려 하지 않았어.'

(한 줄기 매연이 승강장을 가로지르고 역장의 손에 들린 붉은 깃발이 농익은 사과처럼 밑으로 떨어지자 기관차는 뚜 굉음을 내지르며 배를 불쑥 내밀고 달려갔다.

"맙소사!"

하지만 그들은 그를 들여보내주기는커녕 쫓아냈다.

도로는 점차 넓어지고, 건물은 점차 높아지며, 머리는 점차 희끗희끗해졌다……. 맙소사! 정말로 돌아가고 싶은데!)

"정말로 돌아가고 싶어!" 눈물이 구릿빛 뺨을 타고 구릿빛 입술로 흘러내린다.

(순찰대가 들이닥쳤다.)

흑백의 경찰봉이 그의 눈앞에 어른거린다.

"도망쳐! 도망쳐!"

그는 천천히 일어나 두 다리를 부들부들 떨며 벽을 짚고 곧 쓰러질 듯 앞으로 한 걸음, 또 한 걸음 걸어 나간다. 입으로 뭐라고 중얼거린다.

"정말로 돌아가고 싶어! 정말로 돌아가고 싶어!"

뚜! 바퀴가 굴러간다.

(기차다! 기차! 돌아가자!)

몸이 돌연 튀어 오른다. 돌고, 돌고, 쾅쾅쾅, 영원히 돌아가는 바퀴. 바퀴가 그의 몸 위로 굴러간다. 바퀴에서 아버지의 얼굴이, 어머니의 얼굴이, 아내의 얼굴이, 형의 얼굴이…… 돌아 나온다.

(여자의 새된 비명, 순찰 대원, 바퀴, 달려오는 사람, 하늘, 기차, 아내의 얼굴, 집…….)

그는 탄식한다. 그의 눈물 뒤 눈에, 성실한 입가에, 구릿빛 얼굴에, 웃는 얼굴에 미소가 걸린다. 실명되지 않은 눈을 감는다. 차에 탄 사람이 후다닥 내려 그를 차로 옮기고 순찰 대원 한 명과 함께 달려간다. 바닥에는 피는커녕 길가의 마른 잎만 수북하다. 빨간 조끼를 입은 거리의 청소부들이 마른 잎들을 싹싹 쓸어 모은다.

사무실을 빠져나온 여자 타자수가 쇼윈도 밖에 서서 안에 진열된 흰무늬의 검은 장갑을 바라본다. 가을이니까 당연히 장갑을 껴야겠지! 옆에 있던 남자친구에게 말한다. "들어가서 보자."

들어간다.

"내일 내 생일인데 뭘 준비했어?"

조금 전 막 이번 달 월급을 받은 옆의 남자가 결심한 듯 말한다. "이 장갑을 선물해줄까? 어때?"

"당신은 정말 좋은 사람이야!"

잠시 뒤 다시 말한다. "그런데 허리띠도 낡았어!"

"여기서 하나 살까? 어때?"

"당신은 정말 좋은 사람이야!"

잠시 뒤 다시 말한다. "저 모자 진짜 귀여운데."

그는 눈살을 찌푸리지만 판매원은 오히려 히죽히죽 웃으며 입을 뗀다.

가방을 멘 초등학생 무리가 펄쩍펄쩍 뛰어다니며 노래를 부른다.

"오늘 공부는 끝이죠.

다들 돌아가서 간식을 먹어요.

다들 돌아가.

다들 돌아가……." 룰루랄라.

갑자기 커피숍 앞에 멈춰 선 아이들 앞에 열린 통창의 커튼 뒤에서 남녀 한 쌍의 발이 튀어나온다.

"이건 우리 엄마 발 같잖아!"

"우리 언니의 발이잖아!"

고개를 들자 얼굴을 찡그린, 커피의 열기에 푹 전 사람의 모습이 보인다. 아이들이 이내 손뼉을 치며 하하하 웃는다.

경쾌한 가을 정취가 물씬 풍기는 거리에 땅거미가 지고, 어스름 안개가 어른거린다.

팔이 잘린 사람

1

이 소리들과 얼굴들, 이 복잡한 거리 풍경이라면 죄다 친숙한 것들이다.

그가 전차에서 뛰어내리고, 매표소 직원이 찰칵 문을 닫자 전차는 땡땡 두 번 울리고 떠나갔다. 그는 인도로 나와 입에 문 차표를 버리고 미소 지었다. 모퉁이에 있는 비단 가게 위쪽 서양인 밴드가 그를 향해 튜바를 불어댔다.

"정월엔 새봄이……."

힘없이 둥둥 울리는 북의 박자에 맞춰 걸었다. 얼마 가지 않아 쇠갈고리가 솥 가장자리를 때리는 탕 소리와 함께 김이 모락모락 피어오르는 딤섬이 그의 면전에서 옮겨졌다. 딤섬 가게에 다다랐다. 과거에는 라오후짜오•에 딸린 찻집이 있던 곳으로, 가마솥에 물이 펄펄 끓으면 앞치마를 두른 뚱보가 한 손을 허리에 짚고 부뚜막에 쇠갈고리를 세우고 서 있곤 했다. 저쪽 탁자는 발을 긴 의자에 올린 채 차를 마시는 사람들로 들썩이고, 그 옆이 바로 더러운 골목 어귀다.

집이 코앞이었다! 걸음이 빨라졌다.

좁은 골목길에 들어선 순간, 빛이 바랜 기와에 담이 없는 판자벽의 단층집들이 빼곡히 들어선 모습이 눈에 들어왔다. 처마 밑에 오밀조밀 널린 빨래, 대문 앞에 다닥다닥 놓인 대나무 의자, 콸콸 쏟아지는 수돗물로 흥건히 고인 바닥, 그 앞에 쪼그리고 앉아 젖은 괘자를 짜는 여자아이. 이쪽에 모여 잡담하는 무리, 저쪽에 모여 골패를 노는 무리, 그 뒤에 서서 구경 삼매경에 빠진 또 한 무리. 조금 더 걸어가니 아이들이 무리 지어 땅에 엽전을 굴렸다. 이 집에서 저 집까지 걸쳐놓은 대나무 장대에 널린 바지가 공교롭게도 애들 머리에 닿았다.

이 모든 건 그의 오랜 친구다. 빼곡하게 들어선 집, 바닥에 깔린 푸른 석판, 땅바닥에 굴러다니는 엽전, 집과 집 사이에 걸쳐놓은 대나무 장대, 그들과 알고 지낸 지도 어언 10년이 넘었다. 그는 골패 놀이를 구경하려고 발걸음을 늦추지도, 몇

● 호랑이 부뚜막, 즉 '대형 부뚜막'이라는 뜻으로 물을 끓여 팔면서 차도 같이 파는 곳을 말한다. 당시에는 석탄과 가스 등 편리한 연료가 없던 시절이라 비용 절감을 위해 뜨거운 물을 전문적으로 공급하는 곳이 따로 있었다.

마디 인사를 주고받으려고 시간을 지체하지도 않고 이 사람과도 저 사람과도 고개만 까닥해서 인사한 뒤 서둘러 성큼성큼 걸어갔다. 집에서 기다리는 추이쥐안과 아이가 눈에 어른거렸다. 첫 번째 집과 두 번째 집을 지나…… 속속들이 아는, 큼직한 재물 재 자가 붙은 여덟 번째 집과 격자창 창호지에 구멍이 숭숭 뚫린 아홉 번째 집을 지나 열 번째 집에 다다라 날름 들어가서 기쁨에 겨워 소리쳤다.

"내 새끼! 아빠 왔다. 이리 온."

탁자 다리를 껴안고 뒷문을 바라보던 아이는 그의 목소리를 듣자마자 배시시 웃으며 팔을 벌린 채 통통한 두 다리를 뒤뚱거리며 달려왔다. 그는 아이를 번쩍 안아 들어 얼굴과 손, 목에 쪽쪽 입을 맞추고 어물어물 말했다.

"내 새끼! 착하지! 아빠가 사랑해!"

"아빠…… 엄마…… 응……."

아이는 문을 가리키며 이가 나지 않은 입으로 엄마가 안에 있다고 알렸다. 엄마는 대야를 들고나와 탁자에 놓고는 냅다 아이를 안아 한옆으로 비켜섰다. 아이가 잘하는 짓은 이랬다. "아빠! 사발 여기." 그러면서 사발을 가리켰다. "사발…… 펑!" 손을 놓으면 그릇이 바닥에 떨어져 산산조각 나는 걸 의미했다. 그러면 "엄마…… 엉!" 울상이 된 얼굴로, 입을 삐죽거리며 아빠를 혼내라고 엄마에게 일렀다.

엄마, 아빠는 웃음을 터트렸다. 아빠가 얼굴을 대야에 담그자 아이는 또다시 엄마의 턱을 만지작거리며 더듬더듬 말을 걸었다. "아빠 콧수염, 아가는……." 엄마의 얼굴과 손, 목에 입을 맞추었다. "아가는…… 아야!" 아빠의 수염은 쿡쿡 찌른다고 엄마에게 이르자 물에 잠긴 아빠의 얼굴에도 미소가 번졌다. 그는 세수를 하고는 아이와 놀아주었다. 안에서 추이쥐안이 밥 짓는 연기가 스멀스멀 날아들었다. 매캐한 연기 냄새도, 솥에서 벌룽거리는 생선의 향긋한 냄새도 코를 콕콕 찔렀다. 벽에 걸린 달력 속 여자의 모습이 흐릿해지고 반짝이는 아이의 눈망울만이 서서히 선연하게 눈에 들어왔다. 날이 어두워지자 전등을 켰다. 어슴푸레한 불빛에 비친 빛바랜 판자벽은 드문드문 칠이 벗겨진 채였다. 그는 10년 넘게 밥 먹을 때 사용하던 낡은 탁자를 바라보았고, 아이는 벽에 어른거리는 커다란 그림자를 바라보았다. 음식을 들고나온 추이쥐안은 그림자를 보는 아이를 쳐다보며 말했다.

"아빙, 그림자 그만 봐. 그러다 밤중에 또 오줌 싼다."

엄마를 본 아이는 아빠에게서 버둥거리며 빠져나와 엄마를 따라 안으로 달려가 작은 밥그릇을 들고나왔다. 탁자 가장자리로 기어가서 무릎을 꿇고 우우 아우성쳤다. 아이는 먹고 뱉어내고, 뱉어낸 것을 다시 먹으면서 아빠 먹으라고 코앞까지 일일이 날라다주었다. 절반쯤 먹더니 그만 먹고는 의자에 꿇어앉아 밥 먹는 아빠와 엄마의 모습을 지켜보았다.

식사가 끝나자 추이쥐안은 설거지를 하러 가고, 그는 앉아서 담배를 피우며 아이를 달래 침대에 눕혔다. 아이는 눈을 부릅뜬 채 좀체 자려 하지 않았고, 이런저런 장난 끝에 이불들이 와그르르 쏟아져 내렸다. 아이는 눈물이 날 만큼 신이나 까르르대며 웃었다. 더 이상 안 자면 문밖에서 기다리는 호랑이가 잡아먹으러 온다고 으름장을 놓자 아이는 아예 대놓고 호랑이 귀신 이야기를 해달라고 졸라댔다. 그는 아이에게 시달리다못해 할 수 없이 추이쥐안을 불렀다.

"좀 보라고. 도통 자려 들지를 않아."

추이쥐안은 안에서 설거지를 끝내고 나왔다.

"내 새끼, 왜 안 자고 그래?"

추이쥐안은 침대 가장자리에 앉아 아들을 토닥이며 흥얼거렸다. "엄마는 아들을 사랑해……. 자장자장…… 아빠는 아들을 사랑해……."

추이쥐안은 서서히 말수가 줄어드는 아이에게 이불을 덮어주고는 슬그머니 일어났다. 까치발을 하고 살금살금 탁자 쪽으로 가서 앉아 배추 가격이 얼마나 올랐는지, 공장에 무슨 일이 있는지, 골목의 어느 집에서 아들을 낳았는지, 누가 누구와 다투었는지 남편과 도란도란 이야기를 나눴다.

얼마 지나지 않아 고요한 적막이 내려앉았다. 전차 지나가는 땡땡 소리만이 큰길에서 들려왔다. 홀연히 자동차 경적이 요란하게 울리더니 이어 훈툰•을 사라고 대나무 통을 탁탁 두드리는 소리가 허공을 갈랐다. 시계를 보니 9시가 넘은 시각이었다. 그는 잠에 겨운지 하품을 연발했다.

"자."

추이쥐안이 이불을 포개러 가자 그는 문을 잠그고 차를 마신 뒤 또다시 하품을 하고는 침대에 누웠다. 몸을 돌려 추이쥐안의 가슴에 팔을 얹자 그녀가 가볍게 툭 쳤다. 그는 웃었다. 잠시 뒤 곤하게 잠이 들었다.

2

그는 이튿날 눈을 뜨자마자 부랴부랴 세수를 하고 자는 아이의 얼굴에 입을 맞춘 뒤 문밖으로 내달렸다. 보초를 서는 순찰 대원도, 자동차도 보이지 않는 거리는 썰렁했고 눈을 비비며 빈 인력거를 끄는 인력거꾼만이 어슬렁어슬렁 걷고 있었다. 거리는 빨간 조끼를 입은 청소부가 이미 청소한 뒤로, 파란 대괘를 입은 한 무리, 또 한 무리의 사람들이 주먹밥을 들고 역에서 전차를 기다리고 있었다.

전차에 앉았지만 하품하는 사람도, 조는 사람도, 눈을 비비는 사람도 눈에 들어오지 않고 그저 칠이 벗겨진 판자벽과 이가 없는 아이, 추이쥐안만이 머릿속에 둥둥 떠다녔다. 창밖

● 얇은 피에 고기소가 들어간 만둣국.

을 바라보니 거리는 서서히 활기를 띠었다. 시간이 지나서일까? 아니면 썰렁한 곳에서 떠들썩한 곳으로 들어섰기 때문일까? 무슨 상관이란 말인가. 그에게는 아내와 아들이 있는 집이 있다!

기계실에 들어간 뒤로는 더는 감히 생각이라는 것을 해서는 안 되었다. 거대한 기계에 온 정신을 집중했다. 그것의 날카로운 이빨에 사람들의 팔다리가 잘리고, 목이 잘려 나가는 것을 한두 번 목격한 게 아니었다. 몸에 그것이 닿게 해서는 안 되었다. 만약 닿아 어딘가 잘려 나가기라도 한다면? 자신에게는 아내와 아이가 있다는 사실을 명심하고 또 명심하지만, 그럼에도 정말로 팔 하나가 잘려 나간다면? 굉음을 내지르는 거대한 기계가 번뜩이는 이빨을 드러내며 그를 바라보았다. 위잉 하는 기계음과 함께 나자빠지고 피가 솟구치고, 팔이 한쪽에 떨어진 모습이 어른거렸다……. 그는 숨을 헐떡거리며 생각을 멈추려고 했지만 좀체 멈춰지지 않았다. 팔이 잘리면 어떻게 하지? 일을 할 수도, 돈을 벌 수도 없는데 밥은 먹어야 하고 아이는 낳아야 하며 집세는 내야 한다. 또한 날씨가 눈이라도 올 기세라면…….

'언젠가 거대한 기계에 어딘가 잘려 나가면 어떡하지!' 거대한 기계를 보면 저도 몰래 이런 생각에 빠져들었다. 서둘러 간 집에서 칠이 벗겨진 벽을 봐도, 낮고 낮은 천장을 봐도 이런 생각에서 헤어 나올 수 없었다. 자꾸만 생각하다보니 나중에는 언젠가 무슨 일이 정말로 생길 것 같았다. 꿈에서 툭 하면 절단된 다리를 한 채 온종일 집에서 망연자실 넋을 놓는 자신을, 신세 한탄하며 울고불고 난리를 치는 아내를, 배를 곯고 죽는 아들을 보기 일쑤였다. 그런 꿈을 꾸고 또 꾸어…… 수많은 사건 사고를 만났다. 꿈속에서조차 꿈인지 알지만 불안하고 초조한 건 말할 것도 없고 온몸에 식은땀을 흘리고, 당장 깨어나려고 발버둥을 치지만, 깨고 난 뒤에는 여전히 등줄기가 서늘했다. 다만 마음이 오싹하다 한들 무슨 소용인가? 온종일 거대한 기계와 함께 뒹굴어야 하는 신세인데 말이다.

저녁을 먹고 앉아 이야기를 나누면서 그는 추이쥐안을 하염없이 바라보았다.

"만약 내가 돌아가는 기계에 깔려서 가족을 부양할 수 없게 되면, 당신은 어떻게 할 거야?"

"무슨 헛소리야! 입만 열면 안 좋은 소리나 하고. 그런 일은……."

"예를 들어 그런 일이 생기면."

"그런 일은 없어!"

"내 말은, 만약 그런 일이 생기면…… 말해봐. 괜찮아."

그는 뭔가를 알아내려는 듯 그녀의 눈동자를 뚫어지게 바라보았다.

"이를테면?" 추이쥐안은 잠시 말을 멈추었다. "그럼 당신이 말해봐. 내가 어떻게 해야 해?"

"당신이 말해! 어떻게 할 건지 내가 물었잖아."

"나? 뭐, 별수 있겠어? 가정부 일이라도 해서 두 사람을 먹여 살려야지."

그는 아무런 말 없이 생각하고는 잠시 후 말했다. "정말?"

"당신을 속이기라도 할까봐?"

그는 아무 말 없이 그저 웃으며 고개를 절레절레 저었다.

"그럼 당신이 말해봐."

"난 당신이 딴 사람한테 가버릴 것 같아."

"체!"

"난 아이를 안고 밥을 구걸하러 다니겠지."

"왜 딴 사람한테 시집간다고 생각해? 딴 사람한테 시집갔으면 좋겠어?"

"당신은 가난을 못 견뎌 하잖아."

"퉤퉤! 허튼소리 그만해. 듣기 싫어."

그는 아무 말 없이 또다시 웃으며 고개를 절레절레 내저었다.

밤에는 잠을 이루지 못했다. 아이를 안고 지팡이를 짚으며 이 거리, 저 거리를 전전하는 자신의 모습이 눈에 선했다.

아이가 울자 추이쥐안이 우물우물 중얼거렸다. "내 새끼, 자장자장…… 내 새끼, 사랑해." 아이를 토닥토닥 달래던 엄마도, 아들도 이내 조용해졌다.

그는 아이를 안고 지팡이를 짚으며 이 거리, 저 거리를 전전하는 자신의 모습을 보았다. 아이의 울음소리가 들렸다. 그의 품에서 죽어가는 아이를 보았다. 벽에 지팡이를 비스듬히 세워둔 채 두 손으로 머리를 받쳐 들고 머리채를 쥐어뜯는 자신을 보았다.

순간 눈을 떴다. 날이 밝은 뒤였다. 스스로를 비웃었다. "뭐가 그렇게 무서워?"

그는 매일같이 용기를 내서 스스로를 다독였다. "뭐가 그렇게 무서워?" 아이와 놀아주다보니 세월이 쏜살같이 흘렀다.

바야흐로 6월이 되자 무더위가 기승을 부렸다. 달려드는 모기에 물어뜯기느라 밤잠을 설치는 통에 머리가 지끈거렸다. 거대한 기계가 움직이자 카랑카랑한 강철 칼이 두껍디두꺼운 벽돌을 쓱쓱 대번에 반으로 갈랐다. 눈앞에 금빛 파리 한 마리가 윙윙거렸고 가죽띠가 불이 붙은 듯 허공에서 휙휙 돌았다. 소매로 땀을 훔쳤다. 머릿속에서 수많은 파리가 분탕질로 쑥밭을 만들었다. 눈앞이 어질어질했다. 몸이 앞으로 기울어진 순간 순식간에 잘려 나가는 팔을 보면서 비명을 내지르고 쓰러졌다.

흐려지는 의식 속에서 '아이를 안고 밥을 구걸하러 가야지' 생각했다. 정신을 차려보니 누군가가 울고 있었는데, 벌겋게 부어오른 눈으로 그를 바라보는 추이쥐안이었다. 그는 웃었다.

"왜 울어? 아직 안 죽었어!"

"이게 죄다 평소 말도 안 되는 소리를 지껄여서야. 이제 이렇게 되니 속이 시원해?"

"어떻게 왔어? 아이는? 돌보는 사람 없이 그냥 집에 혼자 두고 온 거야?"

"사람이 이틀 내리 잠만 자지. 말은 할 줄 모르지. 당신 같으면 애간장이 안 타겠어!"

"내 말은, 어떻게 왔냐고. 아이는? 혼자 집에 버려두고……."

"내 말은 왜 날름 팔을 거기에 내밀었냐고."

"왜 이리 성가시게 굴어. 왜 내 말에 대답은 않고 당신 하고 싶은 말만 해? 아이는? 아이는 누구한테 맡긴 거야?"

"큰고모가 집에서 돌봐주고 있어."

"누나가?"

"그래, 고모부와 큰아버지는 배상을 요구하러 공장에 갔어. 병원에선 병원비 내라고 하고."

"집에 융통할 수 있는 돈이 좀 있지 않았어? 20위안 넘게 남은 걸로 아는데."

추이쥐안은 고개를 숙여 눈물을 훔쳤다.

"하지만 살아갈 날이 구만리라고."

"다시 말하지만 한 팔이 아직 있다고."

그는 추이쥐안을 바라보며 생각했다. '아이를 안고 밥을 구걸하러 가야지.' 그러면서 아이를 보러 가라고 다그쳤다. 추이쥐안은 또 한참을 앉아 있었지만 아무 말 없이, 손수건을 흠뻑 적실 정도로 눈물만 주르륵 흘렸다. 그가 또다시 재촉하자 그제야 병원을 나섰다. 떠나는 그녀를 보면서 모퉁이 쪽 서양인 밴드를, 딤섬 가게의 쇠갈고리가 솥 가장자리에 부딪히는 소리를…… 쇠갈고리를 아궁이에 세우고 선 라오후짜오의 그 뚱보를 떠올렸다! 이어 그 좁은 골목이, 골목 안 친숙한 풍경이, 대문 앞의 큼직한 재물 재 자가 떠올랐다……. 그는 오른팔이 팔뚝에서 벽돌처럼 평평하고 매끈하게 싹둑 잘려 나가 절반만 남은 채로 여기에 누웠다.

다음 날, 그의 누나와 형, 매형이 우르르 찾아왔다. 그들은 우선 어떻게 일을 이 지경으로 만들었는지 묻고는 집에서 아빠를 보고 싶어 하는 아이가 어찌나 귀찮게 구는지 정신을 쏙 빼놓는다고 하소연했다. 또한 어제 공장에 가서 배상을 요구한 일도 꺼냈다. 공장장을 가까스로 만나 반나절을 간청한 끝에 배상금 50위안을 얻어냈다. 공장에는 배상하는 규정이 없지만 평소 근면 성실하게 일한 모습을 감안해서 특별히 주는 것으로, 작업반장에게 별도로 5위안을 챙겨주라고 해서 주고 나머지는 전부 추이쥐안에게 건넸다고 했다.

"앞으로 어떻게 살아갈 거야?"

그는 이 말을 듣고 입을 닫고는 그들을 바라보았다. 그들이 어찌나 빤히 쳐다보는지 고개를 돌려버렸다. "나도 몰라요. 그래도 어쨌든 살아가겠지, 뭐." 조금 뒤 다시 말했다. "조금이라도 나아지면 집으로 돌아가 몸을 돌봐야겠어요. 병원에만 마냥 있을 수 없으니까."

"어쨌든 몸이 중요하지 돈이 무슨 소용이야. 우리가 대신 방법을 찾아볼게."

"아뇨, 지금은 한 푼이 아쉬운 때라고요."

병원에 입원한 지도 이 주가 지났다. 추이쥐안은 처음 며칠 동안은 날이면 날마다 찾아와 옆에 앉아 눈물을 훔치면서 손수건을 흠뻑 적시고 난 뒤에야 돌아갔다. 그 뒤로는 울지 않고, 그저 아이에 관해, 앞날에 관해 이야기했다. 추이쥐안이 돈 얘기를 꺼낸 적은 전혀 없었지만, 그는 그녀의 말에서 돈이 조만간 바닥날 것임을 알아차렸다. 그날 걸어 들어오면서 한참 동안 가쁜 숨을 몰아쉰 추이쥐안은 땀방울이 송골송골 맺힌 얼굴에, 등은 땀으로 흠뻑 젖은 채였다.

"그 지경이 될 정도로 불볕더위야?"

"먼 길이잖아!"

"걸어왔어?"

"아니…… 그래, 맞아. 북적거리는 전차 안이 답답해서. 별로 멀지도 않고. 어차피 딱히 할 일도 없잖아. 걸어왔어."

"둘러대지 마. 돈이 없는 거지. 그렇지?"

추이쥐안은 입을 닫았다.

"그렇지?"

두 눈에서 돌연 굵은 눈물방울이 뚝뚝 흘러내리더니 추이쥐안은 손수건으로 코를 가린 채 고개를 주억거렸다.

"얼마나 남았어?"

"15위안. 하지만 앞날이 구만리잖아."

"공장에서 받아 온 50위안은? 몽땅 병원비로 썼어?"

추이쥐안은 흐느꼈다.

"왜? 당신이 썼어?"

"당신이 불안해할까봐 아이 큰아버지가 거짓말한 거야. 공장에서는 30위안밖에 받지 못했어. 병원비는 몽땅 큰아버지와 고모부에게 빌려서 낸 거고. 우리가 가진 20여 위안은 그들에게 알리지 않았어."

"아!" 그는 생각에 잠겼다. "내일 집으로 가야겠어."

"하지만 아직 온전히 아물지 않았잖아."

"그래도 집으로 돌아가자고."

그는 집으로 돌아가라고 추이쥐안을 다그쳤다. 이튿날 아침, 자신을 데리러 온 형과 함께 인력거를 타고 돌아갔다. 비단 가게와 딤섬 가게를 지나 골목으로 들어섰다. 골목은 여느 때와 다름없었다. 안쪽으로 걸어가자 이웃들이 우르르 그를 바라보았고, 그의 잘린 팔을 바라보았다. 추이쥐안이 문 앞에서 아이를 안고 기다리고 있었다. 아이는 팔을 뻗어 아빠를 불렀다. 아이를 안으려 다가선 순간 정말로 한쪽 팔을 잃은 자신의 현실이 실감됐다. 아이의 얼굴에 입을 맞추고 집 안으로 들어가자 칠이 벗겨진 벽은 변한 것 없이 그대로였고, 바닥이 좀 더 더러워지고 천장에 거미줄이 쳐졌을 뿐이다. 추이쥐안에게 집을 치울 마음의 여유가 어디 있었겠는가. 버둥거리며 달려온 아이는 눈을 동그랗게 뜨고 그의 팔을 보았다.

"아빠!" 아이는 제 팔을 가리키며 보라고 했다.

"착하지!"

아이의 이마에 땀띠가 덕지덕지 나 있었다. 아이가 있는 한 팔이 잘려 나가도 살아가야 했다! 이때 사람들이 달려와 안부를 물었고, 그는 고마움을 전했다. 사람들이 떠나자 기력이 부치는 것 같아서 침대에 누웠다. 형이 떠나면서 당부했다. "돈이 필요하면 얼마든지 말해." 그는 그저 몸이 조금이라도 호전되면 공장에 가볼 작정이었다. 일은 남들처럼 그렇게 빨리, 잘할 수는 없지만, 어쨌든 할 수는 있지 않을까 싶었다. 추이쥐안이 불쑥 한숨을 쉬며 말했다.

"당신 정말이지 말라도 너무 말랐어."

"거울 좀 가지고 와서 보여줘봐."

거울에는 수염으로 뒤덮인 앙상한, 알아보지 못할 낯선 얼굴이 있었다. 거울을 집어 던졌다. "나는 그래도 살아가야 해!"

"이젠 정말로 남의 집 가정부 일이라도 해야겠어."

"정말이야?"

"안 그러면 어떻게 살아가? 남들에게 평생 빌붙어 살 순 없잖아. 아이 큰아버지와 고모부도 넉넉한 형편이 아닌데 발목을 잡을 수는 없잖아."

"정말이야?"

"두고 봐."

그는 웃으며 고개를 절레절레 저었다. 한 팔로 아이를 안은 채 이 골목, 저 골목을 전전하는 자신이 눈에 선했다.

3

그는 매일 집에서 앞으로 어떻게 살아갈지 고민에 빠졌다. 여전히 일할 수 있는 데다 공장도 자신을 필요로 할지 모르니 찾아가보면 되지 않을까, 공장에서 원치 않으면 사탕을 팔든 신문을 팔든 작은 장사라도 하면 되지 않을까, 요리조리 궁리했다. 남의 집 허드렛일을 돕는 일로 추이쥐안 역시 한 달에 몇 푼이라도 벌 수 있다. 그러면 아이는 어떻게 하지? 아이는 추이쥐안이 없으면 안 되는데. 살길이 아예 없는 것도 아니니, 어쨌든 몸만 회복되면 된다고 마음을 다잡았다.

며칠이 지난 후 밥의 양이 종전보다 늘었다. 그래서 형과 매형 집에 들러 고맙다는 인사를 전하고 그 참에 할 만한 일거리가 없는지 알아봐달라고 부탁했다. 집에 돌아오자 추이쥐안이 웃으며 의논해왔다.

"나 정말로 남의 집 허드렛일하러 가려고 하는데, 괜찮지?"

"정말로 가겠다고?"

"물론 정말이지. 시모로에 위치한 왕 씨의 공관에서 가정부로 일하는 여동생이 날 추천했어. 어떻게 생각해?"

"좋네."

"한 달에 6위안 준대. 둘째 도련님을 시중드는 일이야. 빨래 외에는 할 일이 별로 없다고 했어."

추이쥐안은 장황하게 늘어놓았다. 그는 듣는 둥 마는 둥 바닥에 앉아 노는 아이를 바라보았다. 아내가 공관으로 일하러 갔다 하면 가난에 찌든 집으로 돌아오려 하지 않는다는 소리를 전해 들은 것만 해도 한두 번이 아니었다. 동료의 아내도 남의 집 일을 도우러 갔다가 반년 만에 그 집 운전사와 눈이 맞았다는 이야기를 들은 터다. 또 다른 친구의 아내 역시 큰 공관에서 가정부로 일하는데, 친구가 돌아오라고, 허구한 날 달려가 소란을 피웠지만 결국 아내의 부탁을 받은 집주인에게 쫓겨나고 말았다. 이런 일은 비일비재해서 듣고 본 것만 해도 한두 건이 아니었다. 게다가 추이쥐안은 단아하게 생기기까지 하지 않았는가.

"정말 가정부로 갈 거야?"

"당신 왜 그래! 잔뜩 신이 나서 말했건만……."

"아니야."

"당신 사람이 변했어. 팔이 잘렸다고 어떻게 하루 종일 넋이 나가 있어. 사람이 말을 해도 듣는 둥 마는 둥 시큰둥하고."

"아빙은 어쩌고? 남의 집 가정부로 갈 수 있겠어?"

"어쩌고는 뭐가 어쩌고야? 가서 안 돌아오는 것도 아닌데. 집에서 당신이 돌보면 되잖아. 아니야?"

"아빙이 당신한테서 안 떨어지려고 하니까 그렇지."

"그럼 당신이 말해봐. 어떻게 하라고? 이렇게 밥만 축내고 있으면 앞으로 뭐 먹고 살아? 당신은 돈도 벌 수 없잖아."

그는 또다시 아이를 바라보았다.

"말해봐! 당신 왜 그래? 사람이 말을 하는데 왜 허구한 날 건넛산 돌 쳐다보듯 하기나 하고 말이야."

"어?"

"어떻게 할 거냐고?"

"그래, 좋아. 언제 갈 건데?"

"언제든. 당신이 좀 더 건강해지면 그때 가지, 뭐."

"며칠 말미를 주는 것도 나쁘지 않지."

상처는 진작 아물었지만, 피를 많이 흘리고 몸이 허약해진 그는 하루 종일 집에서 멍하니 빈둥댔다. 간혹 아이를 안고 문 앞까지 산책을 나가기도, 사람들 뒤에 서서 골패 놀이를 구경하기도, 골목 밖으로 아이를 데리고 나가 재주를 부리는 원숭이를 구경하기도 했다. 아이와 마찬가지로 그도 즐거웠다. 누나 역시 그를 보러 자주 들렀다. 추이쥐안과의 대화도 지루할 틈이 없었다. 시간은 그렇게 쏜살같이 흘러갔다. 얼굴 혈색도 차츰 돌아왔다. 추이쥐안이 왕 씨의 공관으로 일하러 가려던 날짜가 다음 주로 다가왔고, 그 역시 공장에 한번 들러볼 작정이었다. 그날 그는 점심을 먹은 뒤 전차를 타고 공장에 갔다.

공장에 도착해서 먼저 기계실로 갔다. 한 아이가 이미 그의 자리를 대신하고 있었다. 여느 때처럼 돌아가는 그 거대한 기계는 강철 칼로 단번에 쓱쓱 잘라내고 있었다. 예전 동료들은 반가워하며 건너오라고 소리를 질렀다. 그는 기계 앞에 서서 웃었다. 정말로 세월이 어찌나 빠른지 한 달 남짓한 시간이 눈 깜짝할 새 지나갔다.

"자네 멀쩡하게 살아 있어?"

"그나마 운이 좋아 팔 하나를 잃은 걸로 끝났지."

"우린 자네가 죽는 줄로만 알았어. 병원으로 옮길 때 자네 얼굴이 어찌나 하얗게 질렸던지, 소름이 쫙 끼치더라고."

"그랬어? 정작 나는 안 무서웠어."

그 작업반장이 다가와서 그에게 고개를 끄덕였다.

"나았어?"

"나았어요."

"얼마나 누워 있었어?"

"한 달 남짓요."

"자넨 지나치게 전전긍긍하는 게 탈이야."

"그렇다니까요!"

"지금은 어디에 있어?"

"일이 없어요."

"요즘 같은 때는 일자리를 찾기가 쉽지 않아!"

"내 생각에는……."

그의 동료가 끼어들었다. "그럼 자넨 어쩔 작정이야?"

"사람이 필요한지 물어보려고 왔어. 난 아직 일할 수 있거든."

작업반장은 그의 자리를 대신하는 아이를 바라보며 말했다. "사람이라면 이미 있어."

"어쨌든 의논은 할 수 있잖아요?"

작업반장은 잘린 그의 팔을 보면서 진저리를 쳤다. "어렵지 않겠어? 자네가 직접 공장장에게 가서 이야기해봐. 공장장은 사무실에 있어."

그는 동료들에게 작별 인사를 건네고는 사무실로 갔다.

문을 밀고 들어가자 공장장이 책상에 앉아 엔지니어와 이야기를 주고받고 있었다. 공장장은 손에 든 담배를 재떨이에 놓으며 그를 바라보았다.

"무슨 일입니까?"

"저는 이곳 기계실에서 일하던……."

"지난달에 팔이 잘린 사람 아닙니까?"

"예, 맞습니다."

"치료비 30위안을 받아 가지 않았습니까? 또 무슨 일입니까?"

"선생님, 여기서 일하고 싶습니다."

"이곳에서는 당신을 쓸 수 없습니다."

"선생님, 제게는 아내와 아이가 있습니다. 한 가족의 생계가 오롯이 제게 달려 있답니다."

"이곳에서는 당신을 쓸 수 없습니다."

"선생님, 그렇지만 전 여기서 10년 넘게 일했고, 또 이곳에서 팔이 잘렸습니다. 이제 와서 쓸 수 없다니, 그러면 어디로 가야 한다는 말입니까?"

그는 고개를 절레절레 흔들었다. "이곳에서는 당신을 쓸 수 없습니다."

"어쨌든 고려는 해볼 수 있는 거 아닙니까?"

"댁의 사정을 봐주면 다른 사람은 어쩌라고요? 팔이 잘린 사람이 댁 한 사람뿐이겠습니까? 당신을 쓰게 되면 다른 사람을 쓸 수 없게 됩니다. 팔이 잘렸다고 있는 대로 쓰면 우린 문을 닫아야 합니다."

"선생님, 어쨌든 고려는 해볼 수 있는 거 아닙니까?"

"말씀 끝났습니까? 사람 참 피곤하게 구네!"

"고려해볼 여지조차 없는 겁니까?"

그는 대답하지 않고 엔지니어와의 대화를 이어갔다.

"내 팔이 당신 공장에서 잘렸다고요. 아시잖습니까?"

"말씀 끝났습니까? 끝났으면 나가주시죠! 할 일이 많습니다."

"나는 여기서 10년 넘게 일했습니다!"

공장장은 책상 위의 벨을 눌러 흥분한 그를 내쫓을 사람을 불렀다. 그는 책상 앞으로 한 걸음 가서 남은 한쪽 팔로 그의 얼굴을 가리켰다.

"젠장! 당신이 알아! 한 가족의 생계가 나 한 사람에게 달렸다고!"

"뭐라고? 꺼져! 이 새끼야!"

문이 열리고 한 사람이 들어와 그의 팔을 잡고 밀어냈다. 그는 버둥거리기는커녕 문 앞에 이를 때까지 그저 욕설만 퍼부었다. 치미는 분노로 얼굴도 하얗게 질렸다. 얼떨떨한 정신으로 한참을 걸었다. 아무 생각도 나지 않았다. 어떻게 하면 공장장을 찔러 죽여 분풀이할 수 있을지, 그 생각에만 사로잡혔다. '이젠 모든 게 끝장이다. 날 쓸 만한 데가 어디 있겠어? 칼로 찌른다고 단번에 죽일 수 있는 것도 아니고, 살아 있으면 그래도 돈을 벌어 가족을 부양할 수도, 어떻게든 방법이 생길 수도 있겠지. 공장장을 찔러 재판이라도 받게 되면 추이쥐안과 아들은 어떻게 살아가라고? 공장장을 해칠 방법을 생각하는 게 좋겠다. 그런데 무슨 뾰족한 수가 있어? 공장장은 자동차로 출퇴근하는데.' 부글부글 끓어오르는 화를 안고 이런저런 궁리를 하다보니 어느덧 집에 도착했다. 아이가 달려와 그의 다리를 껴안고 놀러 가자고 졸라댔다.

"저리 가. 화냥년의 자식 놈아!"

이 순간 추이쥐안은 눈을 희번덕거리기만 할 뿐 대수롭지 않게 여겼다. 그런데 아이가 껴안은 손을 좀체 놓으려 하지 않자 그는 아이의 뺨을 찰싸닥했다. 추이쥐안이 허겁지겁 달려와 울음을 터트린 아이를 안고 달랬다.

"내 새끼, 울지 마. 아빠 때찌! 멀쩡하게 노는 애를 때리긴 왜 때려? 그래, 때려! 아빠 때찌! 내 새끼, 옳지. 그만 울어. 아빙, 착하지! 아빠 나빠! 참 나, 기가 막혀서! 가만히 있는 애를 때리긴 왜 때려!"

누워서 담배를 피우던 그는 그저 참고 아무 대꾸도 하지 않다가 결국 머리 꼭대기까지 화가 치밀어 버럭 화를 내고 말았다. "짐짝 같은 것들!"

"당신 요즘 성질머리가 왜 그래? 툭하면 버럭하질 않나!"

"성질머리 때문이 아니라 가난해서 그래. 가난해서. 가난이라는 말에 또 화르르 성을 내시겠어!"

"가난은 뭐고, 부자는 또 뭐야? 우리가 언제 부자인 적이 있었어? 당신한테 시집와서 호의호식 한번 한 적 있어? 당신이 가난하든 부자든 억울한 사람이 누군데!"

"아이고, 억울해서 이를 어쩌나! 가난한 나한테 시집와 가난하게 살아서 얼마나 억울하실까! 이제는 입에 풀칠도 못할 지경으로 전락했으니까 갈 테면 가봐."

"당신 돌았구나?"

"가정부는 무슨 가정부. 내 진작부터 알아봤어. 말로는 가정부지……."

추이쥐안은 대꾸하려고 했지만 화가 치밀어 순간 말문이 막혔다. 발을 동동 구르다가 한참 뒤에야 입을 열었다. "당신…….” 엉엉하고 울음을 터뜨렸다. “죽고 싶어?”

그는 추이쥐안의 울음이 진저리가 쳐질 만큼 신경에 거슬렸다.

“막돼먹은 년아! 가난해서 이젠 네년 울음까지 보태는 거야? 그래도 울어? 울긴 왜 울어?”

“그래, 욕 한번 잘한다!” 추이쥐안은 아예 대놓고 목 놓아 울고불고 난리를 쳤다.

그는 뺨을 한 대 갈겼다. “무지막지한 년!”

울음을 터트리지 않고 눈물을 훔치던 아이는 그만 소스라치게 놀라 엄마의 목을 껴안고 또다시 목 놓아 울었다. 이때 누군가가 들어와서 말렸다. “무던하게 사이좋던 부부가 이게 무슨 난리야! 말리러 온 내 체면을 봐서라도 그만하고 화해해.”

추이쥐안은 누군가가 들어오는 걸 보고는 한층 대담해져서는 더욱 고래고래 악을 쓰면서 그를 가리켰다. “누가 옳고 그른지 좀 봐봐요. 사내놈이 가족을 먹여 살릴 형편이 안 돼 가정부 일이라도 하겠다는데 서방질하러 간다고 욕설을 퍼붓질 않나, 때리지를 않나. 때려! 때리라고!”

“내가 네년을 때리는 게 뭐가 어때서?” 그가 달려들자 사람들이 가로막았다.

“부부 싸움은 늘 있기 마련인데 뭐 하러 이 난리를 쳐요. 형수, 형수가 화를 좀 가라앉히고 참아요. 하룻밤에도 만리장성을 쌓는 게 부부라고 밤에는 또 한 이불 덮고 잘 거 아닙니까?

형님도 마음을 좀 가라앉혀요. 형수가 옳든 그르든 너그럽게 받아주고 챙겨줘야 할 사람이 정말로. 이게 무슨 꼴이에요!"

가만히 듣고 있던 그는 억울해 분통이 터질 것 같았지만 말을 꺼낼 분위기가 아니었다. 추이쥐안이 울음을 그치고 눈물을 훔치며 말했다. "내가 떠날게! 내가 저 인간을 놓아주지, 뭐! 저 인간은 내가 놓을 수 없는 사람이라고 생각하겠지만. 가라면 가야지. 저 인간한테 보여주지!" 그러면서 여전히 아이를 달랬다. 울지 않는 엄마를 보고 아이도 눈물을 뚝 그치고 닦으면서 아빠에게 욕했다. "아빠 나빠! 때찌!"

싸움을 말리던 사람들은 더는 소란을 피우지 않는 두 사람을 보고는 잠시 앉았다가 이내 떠나갔다. 그는 그곳에 가만히 앉았다. 아이도 가만히 앉아 아무 소리도 내지 않았다. 추이쥐안도 앉아 고민에 잠겼다. 그는 잠시 후 직접 움직여 밥을 해서 먹었고 추이쥐안은 밥도 거른 채 아이를 침대에 눕히고 상자를 열어 옷을 정리했다. 그는 '그래, 갈 테면 가봐라'라고 속으로 씩씩거렸다. 추이쥐안은 옷을 싼 뒤 침대 가장자리에 앉아 아이를 재웠다. 그는 무관심하게 이불을 펴고 역시 잠들었다.

아침에 아이의 울음소리에 깬 그는 엄마를 찾는 소리를 듣고는 벌떡 일어났지만, 아이만 침대를 기며 울고 있을 뿐 추이쥐안은 보이지 않았다. 아이를 안고 어르고 달래면서 바깥으로 나가보았지만 보이지 않았다. 어젯밤에 싼 가방은 종적을 감춘 채 탁자에 8위안이 놓여 있었다. 추이쥐안이 정말로 가버렸다! 그는 며칠 지나면 결국 돌아오리라 믿어 안달하지 않았다.

"아빠, 엄마는?"

"엄마는 우리 새끼한테 줄 사탕 사러 갔어. 내 새끼, 착하지. 울면 안 돼! 엄마는 이제 곧 돌아올 거야."

아이는 말을 듣지 않고 엄마를 찾으며 울기만 했다. 할 수 없이 아이를 침대에 눕히고, 물을 길어 세수를 한 뒤 끓인 물을 사서 찬밥을 말아 대충 끼니를 때웠다. 아이를 달래 밥을 먹이려고 했지만 아이는 먹으려 들기는커녕 작고 통통한 다리로 탁자를 툭툭 걷어차면서 울부짖었다.

"엄마!"

몇 대 때리자 더 자지러졌고 아무리 달래도 소용이 없었다. 결국 아이를 안고 원숭이 곡예를 보러 갔다. 집에 돌아오자 아이는 또다시 울음을 터트렸다.

이렇게 난리를 치르며 이틀을 보냈지만 추이쥐안은 정말로 돌아오지 않았고, 그제야 불안이 스멀거렸다. 장인 장모에게 달려가 물었더니 시모로 쪽에 가정부 일을 하러 갔다고 귀띔했다. 장모는 그에게 잔소리를 퍼부으며 원망을 쏟아냈다. "자네, 마음이 어째 그리 못났어. 어쩌자고 폭력을 써. 진작 좀 찾아오지 않고? 잘못을 했으면 빌러 와야 할 거 아닌가! 날이면 날마다 눈물바다였다네. 화가 나서 다시는 안 돌아가겠다고 독하게 마음을 먹었더라고. 어미 된 나 역시 돌아가라고 등 떠밀고 싶지 않네."

"그 사람한테 빌어야 한다고요! 그 사람한테 물어보세요. 대체 누가 잘못했는지? 그 사람은 가난해졌다고 툭하면 울고불고 난리 법석을 떨었어요. 그날 소란은 그 사람이 먼저 사서 시작했다니까요."

"그러니까 지금 자네 말은, 추이쥐안이 가난해진 자네가 싫어서 딴 데 시집가려고 한다, 뭐 이건가?"

"맞잖아요. 장모님도 빈털터리가 된 날 무시하잖습니까?"

"나야말로 자네같이 가난한 놈팡이한테 내 딸을 시집보낸 게 후회스러워……."

또다시 말다툼이 오고 간 끝에 그는 심사가 뒤틀린 채로 뛰쳐나왔다. 누나한테 가서 아이가 엄마를 찾아 매일같이 운다고 추이쥐안에게 전해달라 부탁하려 했지만, 생각해보니 추이쥐안이 시모로 어느 집에 있는지도 알지 못했다. 그렇다고 장인 장모에게 쪼르르 달려가서 물어보고 싶지도 않았다. '내키는 대로 하라지, 뭐. 언제까지 고집을 부리고 안 돌아오는지 어디 두고 보자고.' 집으로 돌아가는 길에 구멍이 송송 뚫린 격자창 집을 막 지나가는데 소리가 들렸다.

"엄마!" 아이가 울고 있었다.

옆집의 리 아주머니가 아이를 달래다 돌아오는 그를 보고는 아이를 건넸다.

"아빠 왔다! 데려가세요. 힘들어 죽겠어요!"

그가 아이를 안고 방 안을 왔다 갔다 하자 그의 어깨에 머리를 기댄 아이가 엉엉 울었다. 저쪽으로 어슬렁 걸어가면 빛바랜 판자문이 보이고, 이쪽으로 어슬렁 걸어오면 문밖에서 데굴데굴 굴러가는 엽전이 보였다. 꾀죄죄한 꼬마가 뛰면서 뒤따랐고, 이어 탁 하는 소리와 함께 골패가 탁자 위에 펼쳐졌다. 아이가 꾸벅꾸벅 졸았다. 아이를 내려놓자 팔이 시큰거려 앉아서 담배를 피웠다.

매일같이 이렇게 아이를 안고 집 안을 서성거리면서 추이쥐안이 돌아오기를 기다렸다. 그사이 그를 보러 온 누나는 추이쥐안이 언젠가 돌아올 테니 인내심을 가지고 기다리라고 당부했다. 그는 화가 치밀어 버럭 소리를 질렀다.

"딴 놈한테 가버리라고 해! 내 진작 알아봤다니까. 가난에 몸서리친다는 걸 말이야!"

하지만 그는 매일같이 아이를 안고 기다렸다. 아이가 울면 마음이 다급해졌다. 장인 장모 집에 달려가고 싶은 마음이 몇 번이나 일었지만 사람들 꼴도 보기 싫어서 참는 수밖에 없었다. 밥을 먹으려 들지 않는 아이는 하루가 다르게 말라갔다. 돈은 하루가 다르게 줄어들었다. 일주일이 지나도록 추이쥐안이 돌아오지 않자 병든 아이를 안고 이 거리, 저 거리를 전전하는 자신이 어른거렸다.

이튿날 장인 장모 집으로 달려가자 부재중인 장모 대신에

장인이 추이쥐안이 어디에 있는지 알려주었다. 대뜸 누나 집으로 달려가서 당장 가보라고 부탁했다. 그와 아이는 누나 집에서 기다렸다. 아이가 울고 보채자 어르고 달랬다.

"착하지, 내 새끼. 울지 마! 고모가 엄마 데리러 갔어. 엄마는 곧 올 거야!"

그는 같은 말을 몇 번이고 반복했다. 누나와 함께 걸어오는 추이쥐안을 보았지만, 추이쥐안은 뾰로통한 얼굴로 본체만체했다. 그는 추이쥐안에게 듣기 좋은 말로 사죄했다. 한참을 기다린 끝에 누나가 돌아왔다. 누나를 바라보는데 심장이 튀어나올 듯 두방망이질했다.

"추이쥐안은 아무 말도 하지 않았어. 아이가 울면서 엄마를 찾는다고 해도 그저 피식 웃기만 했어."

"아이가 울면서 엄마를 찾는다는데도?"

"아이가 울면서 엄마를 찾는다고 했더니 그저 피식 웃기만 했어."

"자식도 원치 않는다고?"

"모르겠어. 그저 피식 비웃기만 했다니까."

그는 피식 냉소하면서 한참 동안 아무 말도 하지 않았다. 아이에게 입을 맞추었다. "내 새끼, 착하지! 아빠가 사랑해! 우리 집에 가자." 그들의 대화를 듣고만 있던 아이는 또다시 울음을 터트렸다.

집으로 돌아온 그는 우는 아이를 안고 서성거렸다.

"아빠, 엄마는?"

그는 피식 웃으며 이리 갔다 저리 갔다 또다시 서성였다.

"아빠, 엄마! 엄마 찾아와!"

그는 다시 냉소하면서 왔다 갔다 또다시 서성거렸다.

4

아이가 아팠다.

안으면 어찌나 가벼운지 조금도 힘들지 않았다. 아이의 머리가 하루가 다르게 커져갔다. 소리로만 울 뿐 눈물은 흘리지 않았다. 푹 꺼진 눈으로 아빠를 바라보았다. 그는 마음이 초조해졌다. 하루가 다르게 힘이 빠지는 아이의 울음소리를 들으면서 여러 날 밤, 잠을 설쳤다.

밥은 먹어야 하는데 돈은 이미 형에게 적잖이 빌렸고, 매형에게도 손을 내밀었다. 그렇다고 장사할 마음이 있는 것도 아니고, 아이를 돌봐줄 사람도 없었다. 온종일 추이쥐안 생각뿐이었고, 그녀의 왼팔에 커다란 사마귀가 있다는 사실을 아는 사람도 자신뿐이지만 추이쥐안은 돌아오지 않았다.

그는 아이를 데리고 시모로로 가서 그 집을 찾았다. 아주 큰 양옥집의 초인종을 눌렀다. 큰 철문에 달린 작은 철문이 열리고 작은 철문의 작은 철창이 열리면서 관리인이 머리를 내밀었다.

"죄송합니다만, 추이쥐안이라는 사람이 이곳에 있습니까?"

"없소이다. 무슨 추이쥐안요? 누구를 찾소?"

"새로 온 고용인으로 키가 그리 크지 않고 얼굴이 갸름합니다."

"둘째 도련님 쪽 사람이요?"

"맞아요!"

그 관리인은 문을 열어 그를 들여보내고는 기다리라고 했다. 그는 걷느라 다리도 아프고 팔도 시큰거려 벽에 기대 남몰래 한숨을 돌렸다. 잠시 뒤 관리인이 나와서 물었다.

"성이 어떻게 돼요?"

"린 씨예요."

"추이쥐안은 남편이 없다고 했소."

"내가 바로 추이쥐안의 남편이에요!"

"잘못 찾아왔어요. 이곳의 추이쥐안은 남편이 없어요. 가요!"

그는 밖으로 나와 길에 서 있을 수밖에 없었다. 기다렸다. 기다리면 추이쥐안이 나오지 않을까 싶었다.

"아빠, 엄마!" 아이의 목소리는 모깃소리처럼 가늘었다.

"울지 마. 엄마는 올 거야."

그는 날이 저물 때까지 기다렸다가 돌아갔다. 밥을 거른 채 아이를 바라보면서 걱정했다. 아이는 울지 않을 것이다. 그가 밤늦게까지 서성거리자 아이의 눈이 스르르 감겼다.

"내 새끼! 아가! 아가!"

아이는 아무런 소리 없이 미동도 하지 않았다.

다시 불렀다. "아가!"

아이는 아무런 소리도 내지 않고 미동도 하지 않았다.

그는 아무 말도 하지 않고 아이를 안고 저쪽으로 가서 칠이 벗겨진 문을 보았고, 이쪽으로 걸어와서 종이를 붙인 격자창을 보았다. 창밖은 조용했다.

그는 아무 말도 하지 않고 아이를 안고 저쪽으로 가서 칠이 벗겨진 문을 보았다. 문 안쪽 그 집의 지붕창에서 희미한 불빛이 새어 나왔고 이쪽으로 걸어와서 종이를 붙인 격자창, 창 앞 마루에도 격자창이 있는 것을 보았다.

그는 느닷없이 침대에 앉아 아이를 내려놓고 시큰하고 저린 팔로 머리를 받치고, 머리카락을 쥐어뜯으며 울었다.

진흙으로 빚은 인형처럼 하염없이 앉아 있었다. 저녁 무렵, 아이를 부들 주머니에 담아 들고 집을 나섰다. 돌아오면서 비단 가게와 딤섬 가게, 라오후짜오를 지나 모퉁이를 돌아 골목으로 들어섰다. 첫 번째 집과 두 번째 집을 지나고…… 골패를 노는 사람과 엽전을 굴리는 아이들을 지나치고…… 여덟 번째 집 대문에 붙은 큼직한 재물 재 자와 아홉 번째 집의 구멍 뚫린 격자창을 지나 자신의 집에 다다랐다. 집은 텅 비었고 혼자였다. 그는 문도 닫지 않고 다시 뛰어나갔다.

한밤중에 돌아왔다. 벌겋게 충혈된 눈으로, 벽을 짚고, 게

워냈다. 더듬더듬 집 대문에 이르러 문을 밀고 들어가다가 문지방에 걸려 넘어졌다. 그 자리에 드러누워 꼼짝도 하지 않았다. 입가에 거품을 뿜어내며 입을 땅에 비벼댔다. 악취가 나는 것도, 향기가 나는 것도 전부 게워내고는 코를 골았다.

5

며칠 꼬박 술에 만취해 돌아왔다. 다음 날 아침에 일어나보면 땅바닥에 누워 있거나 침대 밑에 기어 들어가 있었다. 얼굴은 침과 흙으로 범벅이 된 채고 몸은 꼬장꼬장하고 수척했으며 집 역시 그야말로 난장판이었다. 치우지 않은 토사물이 곳곳에 널브러졌고 이불에서는 비린내가 진동했다. 낮에도 그러고 자고, 일어나면 아이가 앉았던 탁자 다리를 바라보며 생각했다.

'이번에는 끝장이다.'

간혹 눈을 뜨면 검은 고양이 한 마리가 탁자 밑에 숨어서 사물을 먹다가 꿈틀거리는 그를 보고는 야옹 하면서 구석으로 움츠러들어 바라보았다. 그를 보러 오는 사람도 없었고 그 역시 아무것도 생각하지 않고 일어나면 옷을 살펴 술을 마시러 갔다.

"무슨 재미로 살아! 하하!"

목을 젖히고 한 잔 들이켰다.

"무슨 재미로 살아! 하하!"

목을 젖히고 또 한 잔 들이켰다. 한 잔, 두 잔, 세 잔…… 눈 앞의 사람들이 점점 흔들렸다. 일어나 호주머니를 뒤져 돈을 몽땅 주고는 노래를 부르지도, 울지도, 웃지도 않고 입을 굳게 닫은 채 그저 비틀거리며 돌아갔다. 다음 날 눈을 떠 머리를 만져보니 피가 나 있었다. 머리가 깨지고 허리가 아팠다.

한번은 낮인지 밤인지 분간이 가지 않았다. 눈을 뜨자 침대 앞에 선 추이취안을 본 것 같았다. 탁자에는 여전히 대야가 놓였고 자신의 얼굴은 마치 방금 세수를 한 것처럼 반들반들 했다. 살이 좀 붙은 추이취안이 큰 소리로 말했다.

"왜 이 지경이 됐어?"

한마디도 대꾸하지 않았다.

"아이는?"

이번에도 한마디도 내꾸하지 않았다.

"아이는, 아빙은 어디에 있어?" '아빙?' 눈을 뜨고 생각했다.
"모르겠어."

"왜 몰라?"

"죽은 것 같아."

그는 눈을 감고 또다시 잠에 빠져들었다. 다시 깨어났을 때 추이취안은 보이지 않고 집에는 마찬가지로 혼자로, 조금 전 그 일이 꿈인지 생시인지 가물가물했다. 기억하는 거라고는 추이쥐안에게 살이 좀 붙었다는 것이었다.

'추이쥐안은 살이 좀 붙었어.' 내심 기뻤다.

이불 비린내는 여전히 풀풀거리고 바닥 먼지는 뿌옇게 쌓였고, 이미 굳어버린 토사물 위로 파리 떼가 들러붙어 윙윙댔다. 옛날 집을 떠올렸다. 입에 문 전차표를 뱉고 집으로 돌아오던 자신이, 탁자 다리를 껴안고 노는 아빙이 눈에 선했다……. 누가 그를 망쳤을까? 누가 이 지경이 되게 했을까? 이를 악물고 생각하던 끝에 공장장의 말이 귓가를 때렸다.

"이곳에서는 당신을 쓸 수 없습니다."

이번에는 쫓겨난 자신이 어른거렸다.

'죽을 때 죽더라도 이것만은 말해야 해!'

그는 오로지 이 생각뿐이었다.

다음 날 옷 안에 칼을 품고 전차를 탈 돈이 없어 걸어서 공장에 갔다. 술은 입에도 대지 않은 멀쩡한 정신으로 이를 악물었다. 고작 석 달 만에 완전히 딴사람이 되어 30년이나 됨직한 주름이 자글자글한 얼굴로 앞을 바라보며 걸었다. 공장 입구에 도착하자 저 멀리에 구급차 한 대가 서 있었다. 가까이 다가가자 한 젊은이가 다리를 잘려 숨을 헐떡이고 피를 철철 흘렸다. 우르르 둘러서서 바라보는 사람들 속으로 끼어들었다.

팔이 잘리고 다리가 잘린 사람은 그 한 사람만이 아니었다!

벽을 사이에 두고 기계 돌아가는 소리가 윙윙거렸다. 들어가보았다. 번뜩이는 강철 칼은 여느 때처럼 단숨에 삭삭 절단

하고 있었다. 대여섯 명이 바닥에 흥건한 피를 보고 있었다. 넋이 나간 얼굴들이었다. 하나같이 그를 알아보지 못했다. 그 역시도 자신이 얼마나 몰라보게 변했는지 모르지 않아 인사를 건네지 않았다. 꾀죄죄한 사람들의, 꾀죄죄한 얼굴들을 바라보았다. 이들 한 사람 또 한 사람이 피를 철철 흘리며 실려 나가는 모습이 어른거렸다. 이어 그들의 아내가 도망가고 아이가 죽어나가는 모습이 어른거렸다. 또한 이 말이 귓가에 맴돌았다.

"이곳에서는 당신을 쓸 수 없습니다."

이 세상에 얼마나 많은 벽돌 공장과 얼마나 많은 노동자가 있겠는가. 그들은 하나같이 절단의 순번을 기다리는 사람들로 반드시 이 말을 듣게 되리라. 팔이 잘린 사람은 그 한 사람이 아니고 이 말을 하는 사람은 공장장 한 사람이 아닐 것이다. 한 사람이 깔려 죽는다 한들 무슨 소용이겠는가? 누군가가 그 자리를 내신할 것이다.

그는 한마디도 하지 않고, 공장 문을 나와 걷고 또 걸었다. 생각하고 또 생각했다. 죽고 싶다는 생각은 사라졌고 돌아가서 세수를 하고 집을 청소할 요량이었다.

딤섬 가게를 지나가면서 귓가를 때리는 쇠갈고리 소리와 함께 처음으로 웃었다.

검은 모란

“검은 옷에 잘록한 허리, 키가 큰 저 사람에게 반했어.” 내 입에서 툭 튀어나온 말이다. 장밋빛 폭탄주가 빨대를 통해 내 입으로 흘러들어 왔지만 시선은 앞에 앉은 그 댄서에게로 향했다.

귀밑머리에 하얀 카네이션을 꽂은 그녀가 고개를 돌렸을 때 우뚝한 코와 긴 얼굴, 커다란 눈동자, 비스듬한 눈썹, 카네이션에 가려진 눈썹 끝, 긴 속눈썹, 반질반질하고 야들야들한 입술, 양쪽 귀밑에서 어깨까지 늘어진 탑 모양의 귀걸이 등이 내 눈에 들어왔다. 스페인풍이었다! 하지만 내가 사랑한 건 이런 것들이 아니라 거기에 앉은 그녀의, 턱을 괴고 테이블에 기댄 지친 모습과 귀밑머리에 꽂은 시든 꽃으로, 나 자신도 삶의 격류에 휩쓸려 숨 가빠하는 사람이기 때문이다.

음악이 나오자 댄스홀 곳곳에서 사람들이 일제히 그녀에게 달려드는 와중에 턱시도를 입은 남자가 내 뒤에서 불쑥 튀어 나와 그녀를 끌고 춤추는 무리 속으로 들어갔다. 그녀는 춤을 추며 내 앞을 한 번, 두 번…… 지나갔다. 풀 먹인 셔츠에 얼굴을 대고 머리를 숙인 채 나른한 듯 카네이션 너머 사람들을 바라보았다. 파란 조명 아래 가녀린 검은 새틴 하이힐이 음표에 맞춰 요동치는 모습이 마치 아득히 먼 저쪽 무지개 아래에 까마귀가 나는 풍경처럼 몽환적이었다. 내 앞을 다섯 번째 지나갈 때 '현란한 춤의 밤'은 하얀 조명 아래 흩어졌다. 나는 한쪽 눈으로, 앉아서 가쁜 숨을 몰아쉬는 그녀를 보았고 또 다른 눈으로 내 옆을 스쳐 지나가는 그 '턱시도를 입은 남자'를 보았다. 빳빳하게 풀 먹인 셔츠에 연지가 살짝 묻었고, 그의 가슴이 붉게 물들었다. 붉게 물든 건 무엇을 닮았을까? 크림(cream)을 먹을 때만 느껴지는 맛일 것이다.

나는 기뻐 잠꼬대하듯 말했다. "검은 옷을 입은 저 여자, 정말 마음에 드는네. 그녀는 은호•에게 닿는 모란…… 동물과 정물의 혼혈이야!"

그녀는 지칠 대로 지친 나머지 춤을 추고 돌아와서는 여지없이 테이블에 머리를 기댔다.

물던 빨대가 술에 빠진 뒤 낚싯대 줄처럼 표면으로 떠오를 때 나는 그녀를 붙들었다. 그녀의 머리가 내 가슴 쪽으로 기

• 흰색과 검은색이 섞여 전체적으로 은빛이 이는 여우, 또는 그런 여우의 털가죽.

울어지고 그녀의 얼굴이 내 셔츠에 닿았다. 그녀의 입술연지가 셔츠를 뚫고 내 살갗에 닿았다. 내 심장 역시 붉게 물들 수밖에 없었다.

"무척 피곤한가봐요." 나는 고개를 숙여 탑 모양의 귀걸이에 대고 과장되게 말했다.

귀걸이가 흔들렸다……. 바람에 탑 위 풍경이 소리를 냈다. 그녀는 내 얼굴 아래에서 고개를 들어 나를 바라보았다. 더할 나위 없이 요염하고 나른한 눈빛이었다! 에스오에스(SOS)! 에스오에스(SOS)! 십 초가 더 지나면 나는 이 지친 눈빛과 사랑에 빠지고 말리라.

"왜 말이 없어요?"

"몹시 지쳐 보여요."

"내가 있는 테이블에 와서 앉아요."

그녀는 곡이 끝날 때까지 춤을 춘 뒤 핸드백을 들고 내 테이블로 와서 앉았다.

"몹시 피곤해 보여요!"

"감기 기운이 좀 있어요."

"집에서 하루 쉬지 않고요?"

"당신도 알잖아요. 삶의 격류에 휩쓸려 한숨 돌리면 이미 물밑으로 가라앉아 다시는 떠오를 수 없다는 것을요."

"우리 세대는 뱃속의 노예로, 팔다리의 노예로…… 하나같이 삶에 짓눌린 사람들이죠!"

"예컨대 나 같은 사람은 사치스러운 삶을 살아요. 재즈, 폭스트롯, 폭탄주, 가을의 유행 컬러, 8기통 스포츠카, 이집트 담배에서 벗어나면……. 영혼이 없는 사람이 되고 말죠. 사치에 푹 빠진 삶을 붙들다가 바로 그 사치스러운 삶에 그만 지쳐버린 거지요."

"그래요. 그저 기계적으로, 전속력으로 돌진했을 뿐이죠. 우린 누가 뭐라 해도 유기체인데 말이죠!"

"언젠가는 도중에 쓰러질 겁니다."

"언젠가는 도중에 쓰러질 거예요."

"당신도 지친 사람이군요!"

"어떻게 알아봤어요?"

"웃는 모습에서요."

"우린 둘 다 머물 만한 좋은 곳을 찾아 쉬어야 합니다."

"그러게 말이에요."

그녀는 한숨을 쉬었다.

나도 담배를 피웠다.

그녀도 담배를 피웠다.

그녀는 손으로 턱을 괴었다.

나는 의자 등받이에 등을 기댔다.

우리는 그렇게 댄스홀이 문을 닫는 자정까지 앉았다가 함께 즐기던 사람들과 늦봄의 새벽바람을 맞으며 거리를 걸었다. 그녀는 내 이름을 묻지 않았고, 나 역시 그녀의 이름을 묻지 않았다. 하지만 나는 나처럼 삶에 짓눌린 사람을 만난 것 같아 등줄기를 짓누르는 삶의 무게가 훨씬 줄어든 느낌이었다.

한 달 뒤 토요일 아침, 나는 빨간색과 파란색의 연필, 타자기 통지서, 속기록 등에서 빠져나와 무더위에 땀을 줄줄 흘리며 버스에 앉아 덜컹거리는 자세로 거리의 풍경을 바라보았다. 한편으로는 '오늘 오후에는 나 자신을 어떻게 다스리지?'라고 고민하면서 또 한편으로는 돌아가서 샤워한 뒤 5시까지 잠을 자고, 호텔에서 호화로운 저녁을 먹은 다음 댄스홀에 가서 나처럼 삶에 짓눌린 그 검은 모란을 봐야겠다고 생각했다.

아파트 입구에 다다르자 도어맨이 작은 지휘관처럼 문을 열어주었다.

"구 선생님, 오후에는 쉬시는군요."

"쉽니다."

엘리베이터를 타자 엘리베이터 운전기사가 말했다.

"구 선생님, 오후에는 놀 계획이신가요?"

"놀 계획입니다."

엘리베이터를 나오자 맞은편에 사는, 댄스홀에서 연주를 하는 필리핀 사람과 마주쳤다. 그가 모자를 들어 올렸다.

"토요일입니다!"

"토요일이네요."

그런데 토요일이면? 뭐가 대수인가? 나는 갈 곳이 없었다. 삶에 짓눌린 사람에게 우주는 결코 태곳적 그것이 아니다.

사환이 문을 열어준 뒤 편지 한 통을 건넸다. 나는 편지를 뜯었다.

> 정말 기적이야! 내 작은 꽃밭의 그 검은 모란이 어젯밤에 돌연 또다시 시든 꽃잎을 세우더니 포도나무 아래에 꼿꼿이 서서 살랑이는 6월의 바람과 함께 미소 지었어. 주말인 내일 우리 집에 와서 이틀 동안 놀다 가. 밤에는 풀밭에서 노숙을 해도 돼. 노숙이 가장 짜릿한 스포츠(Sport)라는 걸 넌 모를 거야. 얼른 오라고!
>
> 금요일 아침에 성우가

잠은 거르고 샤워한 뒤 하얀 골프 바지를 입고, 헬멧을 쓰고, 겉옷도 입지 않은 채 오토바이에 올라 교외에 있는 성우의 별장으로 내달렸다. 눈을 감고 맛이 연한 담배를 피우면서 그의 작은 흰 돌 건물과 꽃밭, 진주 목걸이 같은 테라스 앞의 제비꽃, 포도나무 밭의 향기를 떠올렸다.

성우는 은둔자 같은 사람으로, 적잖은 유산을 물려받아 대학을 졸업한 스물다섯 살 이후로 줄곧 그곳에 머물렀다. 그는 날마다 커피 한 잔, 담배 두 개비와 함께 테라스에 앉아 한가롭게 소설과 화보 같은 책들을 읽다가 해 질 무렵, 홀로 라디오 방송을 듣는다. 세상을 잊고, 세상에서 잊히기도 한, 양가

죽으로 만든 책처럼 우아한 신사라고 할 수 있다. 나는 그런 그가 몹시 부러웠다. 그의 별장에서 주말을 소비할 때마다 전속력으로 내달리며 살아가는 사람들이 얼마나 불행한지 온몸으로 느꼈다. 그러다 금요일이 되면 그 작은 하얀 집이 또다시 내게 미소를 지으며 손을 흔들었다.

눈을 떠보니 이미 교외의 아스팔트 도로였다. 마음 역시 가벼운 여름옷처럼 경쾌했다. 들판에는 농익은 과일 향과 타들어가는 밀 향이 넘실댔고 암모니아를 실은 산들바람이 내 등줄기를 짓누르는 삶의 근심을 몰아냈다. 저쪽 무덤 옆의 큰 나무 그늘에 농부가 드러누워 궐련을 피웠다. 나무 사이에 어른거리는 햇빛과 매미 소리가 점령한 교외의 공간은 밀레의 그림 속 농가 그 자체였다!

오토바이는 모래가 깔린 오솔길 앞에서 멈춰 섰다. 오솔길을 걸어 커다란 측백나무 아래에서 모퉁이를 돌자 낮은 나무 울타리와 튤립이 만발한 풀밭이 모습을 드러냈다. 테라스에 선 성우는 나무 울타리 위로 기어올라 울부짖다가 뛰어내리는 스코티시 울프하운드를 보고는 달려왔다.

그는 내 손을 꽉 잡았다. "라오구, 잘 지냈어?"

"네 검은 모란을 보여줄 수 있어?"

그의 눈이 돌연 번뜩였다. "검은 모란? 검은 모란이 요괴가 됐어!"

"헛소리 말고. 《요재지이》•를 보고 난 뒤 꿈꾸는 백일몽 따원 집어치우고."

"진짜라니까. 나중에 차근차근 말하겠지만, 정말로 《요재지이》에 나오는 이야기 같다니까. 그저께 그 어떤 과학적 논거를 들이대도 설명이 안 되는 일이 내게 일어났다니까."

우리가 낮은 나무 울타리 안으로 들어섰을 때, 그 작은 하얀 집이 내게 말했다. "라오구, 당신 또 왔네요?" 집의 입이 열리고 검은 치파오를 입은 여자가 나왔다. 물뿌리개를 든 그 여자의 얼굴은 어디선가 본 듯 묘하게 낯이 익었다.

"봐, 이 사람이 바로 검은 모란이야! 내가 널 부른 건 모란꽃이 아니라 모란 요괴 때문이라고." 그러면서 외쳐 불렀다. "샤오주! 구 선생이 왔어요!" 성우는 나를 데리고 그 여자에게로 갔다.

스페인풍의 긴 얼굴, 귀밑머리에 꽂은 흰 카네이션, 커다란 눈동자, 비스듬한 눈썹, 카네이션에 가려진 눈썹 끝, 긴 속눈썹, 양쪽 귀밑에서 어깨까지 늘어진 탑 모양의 귀걸이, 반질반질하고 야들야들한 입술……(입술연지가 와이셔츠를 뚫고 내 살갗에 고스란히 닿았다. 내 심장도 붉게 물들어야 했다).

"아!" 한 달 전에 본, 삶에 지친 그 권태로운 댄서가 기억났다.

● '요재'는 이 책의 저자인 포송령(1640~1715)의 서재 이름으로, 요재가 기록한 괴담과 기담을 담은 문어체 소설집이다. 《요재지이》 속 〈향옥〉이라는 이야기에는 모란 정령과 황생의 애틋한 사랑이 펼쳐진다.

그녀는 손가락으로 입을 눌렀다.

그 뜻을 이해한 나는 고개를 살짝 끄덕였다.

“구 선생님, 안으로 들어가 앉으세요. 저는 꽃에 물을 뿌리고 올게요.”

우리는 대나무 발이 드리워진 그늘에 앉아 거품이 흘러넘치는 맥주를 마셨다.

“성우, 어떻게 결혼할 생각을 했어?”

“결혼할 생각은 무슨. 기이한 만남이었어!”

“농담은 그만하고.”

“농담을 왜 해? 정말 모란 요괴라니까! 다만 지금은 말할 수가 없어. 저 사람 조금 있다 들어올 거야. 조금 전 손가락을 입에 대지 않았어? 제삼자에게 말하는 걸 허락지 않는다는 뜻이야. 오늘 밤에 말해줄게.”

실컷 먹고, 질리도록 웃고 떠든 뒤 우리는 별이 쏟아지는 밤하늘 아래에서 얇은 명주 망사로 천막을 치고 간이침대에 누웠다. 내가 물었다.

“도대체 어떻게 된 일이야?”

“말하려던 참이야. 그저께 밤에 나도 이곳에서 노숙했어. 바람 한 점 없고 바람 소리인 양 윙윙대는 모깃소리만이 천막 주위를 맴돌던 밤이었어. 간이침대에 누운 난 땀을 뻘뻘 흘렸고, 내 위로 큼직한 별이 조용히 반짝거리는 밤하늘이 흘렀지. 잠시 뒤 마음이 잠잠해지자 가만히 《한여름 밤의 꿈》을 낭송했어. 그 생생한 합창을 통해 검은 모란을 에워싸고 중세 시대의 춤을 추는 튤립을 상상했지. 그런데 별안간 모래밭 오솔길을 걸어오는 발소리가 들리지 뭐야. 어찌나 사뿐사뿐한지 꿈속에서 발을 내디디는 것만 같았어. 내가 몸을 일으키자 그 소리는 사라졌어. 나는 꿈은 아닌지 분간이 안 갔어. 하지만 비가 부슬부슬 내리는 것처럼 솨! 솨! 소리가 났어. 잠시 뒤 그 발소리가 또다시 들려왔어! 이번에는 여자의 하이힐 소리였어. 귀신이다 싶었지! 눈을 부릅뜨고 보니 나무 문 앞에 검은 옷을 입은 사람이 어둠 속에 서 있었어. 정말 귀신인가? 손전등에 손을 뻗는 순간, 쉭쉭하는 소리가 들렸어. 내 울프하운드 밥이 뛰어올라 문밖으로 나간 뒤 이내 날카로운 비명이 공기를 갈랐어. 한 여자의 새된 포효였어. 그 검은 옷을 입은 사람이 뒤돌아 도망갔고, 그 뒤를 밥이 날름 쫓아갔어. 내가 손전등을 들고 일어나 후다닥 뛰어나갔을 때는 밥이 이미 그 사람을 덮쳐 바닥에 쓰러뜨린 뒤로, 아무 소리도 나지 않았어. 그 순간 소름이 쫙쫙 돋았어. 죽이면 안 돼. 이건 놀이가 아니야! 난 허겁지겁 달려가서 밥에게 소리를 지르고 앞으로 다가가서 손전등을 들어 비추었어. 순간 얼어붙고 말았지. 바닥에 쓰러진 사람이 누구였는지 알아? 여자였어. 옷은 군데군데 찢어지고 감은 눈에, 눈꺼풀은 긴 속눈썹 그늘에 가려지고 머리카락은 땅바닥에 흩어졌으며, 귀밑머리에는 하얀 카네이션 한 송이가 꽂혀 있었어. 얼굴과 몸의 하얀 살갗에서 피가 흘러내리고, 가슴을 누르는 한 손에도 피를 흘리면서 어둠 속에 대리석처럼 쓰러져 있었어. 아주 사랑스러운 아가씨였지! 밥은 여전히 그녀를 내리누른 채 끙끙 징징거리며 나를 향해 꼬리를 흔들었어. 내가 밥을 내쫓고 그녀를 안았을 때, 그녀는 불쑥 눈을 뜨고는 미약하게 헐떡였어. '어서 나를 안고 들어가줘요!'라고 간절하게 애원하듯이!"

"그녀는 대체 누구야?"

"조급하게 끼어들지 말고 내 말을 들어봐. 그녀를 안고 안으로 들어가 물을 먹인 뒤 물었어. '누구세요? 왜 이렇게 엉망이 되었습니까?' 그녀는 대답하지 않고 그저 욕실이 어디인지 물었어. 위층에 있다고 대답하자 바로 올라갔어. 한 시간 남짓 기다리자 담배를 입에 문 채 내 잠옷 차림으로 내려왔어. 아가씨는 핏자국을 말끔히 씻어낸 뒤 흐트러진 귀밑머리에 카네이션을 꽂고, 입가에 웃음을 걸고 있었지. 그 모습을 본 순간, 나는 그만 삽시간에 빠져들고 말았어. 그녀는 내 앞으로 다가와 담배 연기를 내뿜으며 말했어.

'왜 이렇게 사나운 울프하운드를 키우죠?'

'당신은 대체 누구입니까? 제대로 말하지 않으면 난 당신을 이곳에 머무르게 할 수 없습니다.'

'당신이 녀석을 쫓아내지 않았다면, 정말이지 아프리카 숲에서 늑대에게 잡아먹히는 셈일 뻔했어요.' 이렇게 내 질문을 에워싸고 평행선만을 그었어.

'당신은 대체 누구입니까?' 맞닿는 선을 긋도록 그녀를 몰아붙였어.

'봐요, 녀석한테 여기도 긁혔다니까요!' 그녀는 갑자기 잠옷을 열어젖히고 찢어진 브래지어를 벗어 가슴에 긁힌 상처를 내 앞으로 내밀었어. 창밖의 별들이 삽시간에 우두둑 떨어져 내 눈앞에서 혜성의 꼬리를 방사했어. 난 나 자신이 적도 위에 서 있는 듯했어. '거즈 좀 줘요!'

나는 내 입을 거즈로 삼았지. 그 뒤 그녀는 내 아내가 되었어."

"그렇다면 넌 그녀가 모란 요괴라는 것을 어떻게 알았어?"

"이튿날 그녀가 내게 말했어. 그녀는 매일 아침 일어나면 바로 그 검은 모란에게 물을 주러 갔어……."

나는 하마터면 웃음을 터트릴 뻔했지만 느닷없이 오후에 입술을 누르던 그녀의 손가락을 떠올리고는 꾹 참았다.

아침에 일어나자 내 옆에 빈 간이침대가 놓여 있고, 포도잎 사이로 부서지는 햇살 때문에 내 온몸의 땀이 번들거렸다. 고개를 들었다. 테라스에 앉아 조용히 담배를 피우는 검은 모란을 보았다. 그녀의 얼굴은 더는 삶에 짓눌린 나른한 모습이 아니었다. 아침 햇살 속에서, 성우가 편지에서 말한 것처럼 "포도나무 아래에 꼿꼿이 서서 살랑이는 6월의 바람과 함께 미소 지었"다. 그녀의 얼굴은 안온한 생활 속에서 한 달 전보다 훨씬 풍만해졌다.

나는 이렇게 생각하며 몸을 뒤척이다가 그만 침대에서 떨어졌다. 몸을 일으키자 그녀는 이미 내 앞에 서 있었다.

"어젯밤 잘 잤어요?"

"어젯밤 성우에게 모란 요괴 이야기를 들었습니다."

"정말요?" 그녀는 웃으며 내 팔을 잡아끌고는 안으로 들어갔다. "모란 요괴가 되는 게 사람이 되는 것보다 훨씬 편해요."

"성우는요?"

"그는 매일 아침 산책을 나가요. 기다릴 필요 없어요. 우리 먼저 아침을 들어요."

내가 위층으로 가서 샤워를 하고 셔츠를 갈아입은 뒤 내려왔을 때 테라스의 작고 네모난 테이블에는 계란프라이 두 개, 토스트 세 조각, 커피포트가 놓여 있고 맞은편에는 검은 모란 한 송이가 앉아 있었다. 커피포트 너머로, 그녀는 반들반들하고 야들야들한 입으로 누르스름하게 구운 토스트를 먹으며, 푸른빛을 토해내며 유쾌하게 말했다.

"그날 밤 춤추러 온 손님이 날 억지로 리오 리타 마을로 데려갔어요. 필사적으로 내게 폭탄주를 먹이고 유행하는 노래를 부르면서 내가 좋아하는 노래를 연주자에게 주문했어요. 하지만 그는 정말이지 혐오스러운 중년으로 날 서양 인형 취급했어요……. 그가 날 바래다줄 때 일부러 중산로 쪽으로 돌아가게 했어요. 콜롬비아로에서 갑자기 멈추었을 때, 그의 눈동자에 번뜩이는 불꽃을 보고는 깨달았어요. 나는 차문을 열고 뛰어내려 도망쳤어요. 그가 내 옷을 잡아당겼고 옷은 순식간에 쫙 찢어졌죠. 나는 달리고 달려 들판을 가로지르고 풀숲을 뛰어넘으며 관목 숲을 뚫고 나갔어요. 그러는 동안 옷은 갈기갈기 찢어지고 살갗은 긁히고 벗겨졌어요. 그가 쫓아올까봐 감히 소리도 낼 수 없었죠. 기진맥진하도록 달렸을 때 도착한 곳이 이곳이었고, 그 모래밭의 오솔길에서……."

"그 뒤 성우를 만났고요?"

"맞아요!"

"그런데 어떻게 모란 요괴가 되었습니까?"

"나는 이 집과 이곳, 이 고요를 사랑하게 되었어요. 게다가 성우는 은둔자 같은 신사고 나는 지칠 대로 지친 사람이었고요. 성우가 내게 누구냐고 끈질기게 묻는 바람에 덥석 검은 모란 요괴라고 대답했죠. 그는 곧이곧대로 믿더라고요. 내가 댄서라고 했으면 날 믿기는커녕 서양 인형 취급 했을 거예요. 나는 아무것도 묻지 않고, 그저 쉴 수만 있다면 이곳에서 쉬려고 했어요. 사흘 만에 살이 이렇게 올랐어요." 그녀는 환하게 웃었다.

나는 갑작스러운 체기에 먹은 토스트와 계란프라이가 더부룩하게 느껴졌다. 그녀는 자신을 짓누르던 삶의 무게를 짊어질 등줄기를 찾은 듯했고, 이 세상에서는 삶에 짓눌린 사람이 한 명 줄어든 듯했다.

오후에 내가 떠나려 할 때 그녀가 말했다.

"주말마다 이곳에 와서 지내요. 언제나 당신을 위해 편안한 침대와 풍성한 아침 식사, 대화와 웃음이 가득한 테라스, 환영하는 마음을 준비해놓을 테니까요."

(입술연지가 셔츠를 뚫고 내 살갗에 닿았다. 내 심장도 붉게 물들어야 했다.)

행복한 사람아!

삶은 개미만큼 자질구레하다.

개미들이 숫자 3처럼 배열되어 있다.

있다! 있어!

3 3 3 3 3 3 3 3 3 3 3 3…… 사방팔방에서 끝도 없이 나를 향해 기어 온다. 쫓아낼 수도, 도망칠 수도 없다.

짓눌린다! 정말로 납작하게 짓눌린다!

그 하얀 돌의 작은 집, 꽃밭, 테라스 앞 진주 목걸이 같은 제비꽃, 포도나무 밭의 과일 향…… 등을 뒤로하고 다시 삶의 전선으로 들어간다.

하지만 정말 언젠가는 도중에 쓰러질지도 모른다!

공동묘지

1

검은 대리석과 하얀 대리석, 이 순결한 대리석 밑에 나의 어머니가 조용히 누워 계신다. 비문은 내가 직접 쓴 것이다.

쉬의 어머니, 천 부인의 묘

민국 18년 2월 15일, 아들 커위안수

2

4월, 유쾌한 계절이다.

교외, 남쪽에서 불어오는 바람이 늦봄의 숨결을 불어넣는다. 태양은 쾌청하게 부서지고 하늘은 파랗게 펼쳐진다. 작은 들꽃은 저마다 웃음을 머금는다. 이곳에는 재즈 음악도, 입체적인 건물도, 사장에게 시시덕거리는 여자 비서도 존재하지 않는다. 들판은 넓고 길은 길며 공기는 고즈넉하고 광고판의 신사는 말없이 그저 담배만 태운다.

어머니의 무덤 앞에서 나는 순수하고 즐겁다. 어린아이의 심정이 된다.

매일 아침, 언제나 혼자 이곳으로 달려온다. 꽃다발을 사서 어머니의 묘 앞에 놓고 상록수 옆에 앉아 하늘을 바라보며, 아득히 먼 곳에 계신 외로운 어머니를 그리워한다. 항상 시집을 가져가서 풀밭에 누워 읽기도 하고 하모니카를 챙겨 가서 어머니가 즐겨 듣는 교향곡 8번을 부르기도 한다. 하지만 어머니 무덤 앞에서 당신이 싫어하시던 담배는 피우지 않는다.

매일 들락거리는 나와 친해진 묘지기가 시시때때로 찾아와서 이런저런 잡담을 늘어놓는다. 이야기하는 것을 좋아하는 나는 그에게 어머니의 성정이 어떤지, 어머니가 어떤 사람인지 수다를 떨고 그는 내게 죽은 시 주민들에 대해, 그들의 집에 대해, 그들을 방문하러 오는 사람들에 대해 이야기한다.

"링 아가씨도 자주 이곳에 와." 어느 날 그가 말했다. "왔다 하면 자네처럼 이렇게 한참 동안 앉아 있지."

"전 어째서 못 봤을까요?"

"본 적 있을걸. 말이 별로 없어. 아주 귀엽지. 열여덟 살이나 열아홉 살쯤 됐을 거야. 키가 작아. 가끔 아버지와 함께 올 때도 있어."

"기억났어요. 나도 그 링 아가씨와 몇 번 마주친 것 같아요. 늘 연보라색 옷을 입고, 약간 말랐어요. 얼굴과 몸에 대한 인상은 별로 없고 그저 모순의 집합체라는 인상을 받았던 걸로 기억해요. 때로는 가벼운 우수를 품은 라일락 같고, 또 때로는 유쾌하고 밝은 태양 아래에서 히죽히죽 웃는 흰 비둘기 같았어요."

"그 묘지는 그녀의 가족 것인가요?"

"대각선 맞은편에서 오른쪽으로 네 번째, 꽃이 놓인 곳…… 보여? 링 아가씨는 오늘 아침에도 다녀갔지."

어찌나 고상하고 깨끗한 무덤인지 어머니의 무덤과 비교한 적이 있는데, 성이 어우양이었던 걸로 기억한다.

"어우양 씨 아닙니까?"

"맞아. 광둥 사람이지."

"돌아가신 분은 그녀와 어떤 관계죠?"

"아마도 그녀의 어머니일 거야."

'나와 마찬가지로 어머니 곁을 지키러 자주 들락거리는 고아네.' 당시 나는 그저 이렇게 생각했다.

3

그날 나는 공동묘지를 나와 양치식물이 양쪽에 나 있는 오솔길을 걷다가 맞은편에서 걸어오는 그녀를 보고는 좀 더 세세히 훑었다. 묘지의 찬 기운을 머금은 바람에 옷자락이 휘날리고, 머리카락 사이로 시커먼 바다가 일어 그녀는 다소 소탈한 자태였다. 수수께끼 같은 눈동자와 창백한 얼굴, 다소 붉게 상기된 뺨을 보면서 한눈에 그녀가 건강하지 않음을 알아차렸다. 그녀는 산속의 투명한 시냇물을, 황혼의 어스름한 안개를, 다이왕수• 선생이 쓴 시 〈비 내리는 골목〉을, 퍼붓는 장맛비에 몽롱하게 가려진 전기 광고를 떠올리게 했다. 그녀와는 그 뒤 몇 번 더 마주쳤다. 그녀는 늘 혼자 그곳에 앉아 침묵의 미소를 머금고 하늘가에 두둥실 피어오르는 뭉게구름을 바라보았다. 반쯤 닫힌 검은 눈동자는 고대동방국가의 신비를 품은 듯했다. 그녀는 항상 혼자 왔고, 딱 한 번 또래 아가씨들과 자신의 어머니 무덤 옆 묘지에서 소풍을 즐기는 모습을 보았다. 그녀들은 떠들썩하게 웃고 떠들었다. 그녀의 유쾌한 웃음은 전염성이 있어 대리석과 돌사자, 반쯤 부서진 오래된

• 잡지 《현대》를 발표 무대로 삼은 현대시파의 대표자 중 한 사람인 다이왕수(1905~1950)로, 프랑스 상징시의 영향을 받아 관념적이고 신비로운 시를 많이 발표했다. 시집에는 《나의 기억》(1931)과 《망서초》(1934) 등이 있다.

기둥, 초롱꽃 등이 일제히 나를 향해 아우성치는 듯했다.

"즐거워. 4월은 사랑의 계절이지!"

나는 "즐거워"라고 속삭이며 웃었다. 뻐꾸기는 들판에서 라일락의 우울함을 울부짖고 나는 시골길을 걸어 학교까지 가면서 배고픔도 잊은 채 그녀가 발음하는, 광둥식 비음 섞인 '너'라는 글자를 떠올렸다. '너'라는 어여쁜 글자를 통해 나는 선연하고 매력적인 남국을 숭배하기에 이르렀다.

그녀는 연이틀 공동묘지에 나타나지 않았고 그녀 어머니의 묘는 꽃 하나 없이 쓸쓸했다. 나는 어머니의 무덤 앞에 앉아 고개를 떨구고 우울에 잠겼다. 누구를 기다리는 걸까. 저 멀리서 날아올 성당의 종소리를 기다리고, 한바탕 불어올 밤바람을 기다리며, 보랏빛 몽롱한 꿈을 기다렸다. 그녀를 기다리는 걸까? 스스로도 알 수 없었다. 뭐 하러 그녀를 기다릴까? 그녀를 전혀 모르는데 말이다. 저 먼 곳에 계신 어머니가 그리워서? 그럴지도 몰랐다. 다만 나는 그녀가 오면 "즐거워"하며 환하게 미소 지을 것임을 모르지 않았다.

사흘째 되는 날, 나는 저쪽 먼 곳에서 어머니의 묘비를 바라보는 그녀를 보았다. 초콜릿을 먹을 때와 같은 기분으로 걸어가 대리석 위에 꽃을 올려놓았다.

"오늘은 일찍 왔네요."

얼굴을 붉히며, 얼굴을 붉히며 난처해하는 그녀를 보았다. 그녀는 잦아드는 목소리로, 그저 한마디로 대답한 뒤 담담하게 걸어갔다. 나는 멀어지는 그녀를 본 뒤 벌러덩 풀밭에 드러누웠다. 입도, 손도, 시력도, 중추신경도 사라지고 그저 벌떡 일어났다가 다시 드러누웠다가, 드러누웠다가 다시 벌떡 일어났다. 나는 무궤도 열차로 고함치고 달리고 날아가고 싶었고, 내 몸은 불끈 솟은 힘과 열기로 달아올랐다. 야단법석도 그런 야단법석이 없었다. 돌연 나는 그녀의 눈에 내가 들어왔다는 생각이 들었다. 농담은 아니겠지? 미칠 것 같았다. 마음은 천천히 진정됐지만 생각은 오히려 빠른 속도로 치달아서 뇌 섬유조직의 폭발을 초래했다. 많은 것이 불꽃으로 화해 톡톡 튀어 올랐다. 불꽃은 저마다 환희를 뿜어내면서 파리처럼 내 귀에서 윙윙거렸다. 생각하고 또 생각했지만, 무슨 생각을 하고 있었을까? 거기서 무슨 생각을 했는지는 나 자신도 알 수 없었다. 나는 웃고 싶었고 웃고 있었다. 봄의 열병(Spring fever)에 걸린 것일까?

"쉬 선생, 꽃이 자네에게 짓눌려 납작해졌어."

담배꽁초를 입에 문 묘지기가 잔가지를 자르는 가위를 들고 있었다. 나는 공교롭게도 꽃 위에 누웠고 꽃은 정말로 납작하게 짓눌린 채였다. 그는 내 어머니의 무덤을 둘러싼 키 작은 나무의 가지와 잎을 가지치기했다. 나는 묘지기에게 링 아가씨에게 말을 건네서 정말 행복하다고 알려주고 싶었지만 우스웠다. 그래서 땅의 잡초를 뽑으며 그와 이야기를 나누었다.

나는 저녁에 어머니에게 속삭였다. "어머니, 당신이 제 곁에 계셨다면, 당신 아들이 미쳤다고 토로했을 텐데요." 하지만 나는 지금 누구에게 털어놓아야 할까? 친구들은 날 놀릴 것이다. 나는 아침까지 잔 뒤, 날이 밝자마자 벌떡 일어나 창밖을 내다보았다. 사람 한 명 없는 운동장은 태양의 온화한 손길이 어루만지고 있었다. 나는 간밤에 꾼 꿈을 떠올렸지만 그 꿈들은 구름처럼 흩어져서 종잡을 수 없었다. 다시 누워 잠을 청했다. 행복한 아이처럼 잠들었다.

오후에 넓은 넥타이를 맸다. 넥타이보다는 칼라가 있는 셔츠를 즐겨 입지만 말이다. 그 길고 긴 석탄재 길을 따라 공동묘지 쪽으로 걸어갔다. 바람이 부드러웠다! 철로 위 기차는 소리를 내지르며 저쪽으로 달려가고, 나는 숨을 고르고 헐떡이며 얼굴에 땀방울을 흘렸다. 저 너머는 자욱한 연기에 가려 잘 보이지 않았고 그저 푸른 하늘과 넓은 들판, 성당의 탑 끝, 푸르른 숲만 모습을 드러냈다. 꽃집의 유리창에는 햇살이 부서지고, 연못의 수면에는 오래된 이끼가 둥둥 떠다니며, 둑에는 버드나무가 하늘거렸다. 낮은 울타리 옆에는 덩굴장미와 한 그루의 복숭아나무에 핀 꽃이 흐드러졌다. 나는 버드나무의 가지를 꺾어 가장귀와 나뭇잎을 깎아낸 뒤 지팡이로 삼았다.

하얀 프랑스 모자를 쓴 프랑스 아가씨가 말을 타고 다가왔고, 그녀의 웃음에서 지중해 옆 포도밭 냄새가 물씬 풍겼다. 나는 웃으며, 손에 든 버들가지를 치켜들며 말했다.

"즐거운 4월입니다!"

"당신이 이 녀석을 한 대 쳐줘요."

나는 바로 말의 다리에 채찍을 휘둘렀고, 말은 즉시 달려 나갔다. 프랑스 아가씨가 돌아보며 다정하게 팔을 흔들었다. 야채를 나르는 시골 사람들도 나를 보고 웃었다.

어머니 묘로 가는 오솔길에 들어선 나는 그녀의 집 묘 쪽을 바라보았다. 그 묘 옆 상록수들 사이로 모습을 드러낸 연보라색 치파오가 우아하게 서 있었다. 나무뿌리 옆, 검은 비단 하이힐 위로 드러난 발이 세련됐다! 자줏빛 라일락은 흰 대리석 위에 말없이 누워 있고, 자줏빛 링 아가씨는 고개를 숙인 채 말없이 산들바람을 맞고 있었다.

'그녀도 저기 있다. 파란 하늘 아래에 나와 함께 존재하고, 4월 중순에 나와 함께 존재하며, 그녀의 머리를 휘날리는 바람 역시 나의 넓은 넥타이를 휘날리는 바람이다!' 나는 이유 없이 기뻤다.

건너가서 우리의 어머니들에 관해 이야기해볼까. 이렇게 막무가내로 다가가는 건 무례한 짓이 아닐까? 하지만 나는 아무렇지도 않은 태연한 얼굴로, 무덤을 건축예술로 감상하는 사람의 얼굴을 하고서 정말로 다가갔다. 그녀는 무슨 생각에 잠긴 듯 다가오는 날 보고 더없이 당혹스러운 표정을 지으며 인사를 건넨 뒤 시선을 피했다.

나는 폭탄을 삼킨 것처럼 뱉어도, 뱉지 않아도 민망한 상황에 처했다. 조금 뒤 또다시 벌겋게 달아오른 얼굴로 난처해하지 않을 수 없었다.

“여긴 당신 어머니의 묘인가요?” 결국 이렇게 내뱉었다.

그녀는 아무 말 없이 천진난만한 입가에 그리움의 미소를 띤 채 고개를 끄덕였다.

“이렇게 화창한 계절에 교외로 나와 어머니 곁을 지키는 건 그 무엇보다 재미있는 일이지요.” 나는 혼자서 우스꽝스러운 역할을 소화할 수밖에 없었고, 그야말로 코미디 같은 장면으로 전락할 찰나였다.

“이곳에 가만히 앉아서 파란 하늘을 바라보는 게 정말 재미있어요.” 그녀는 나를 거절하려는 준비 태세는 아닌 듯 앉았다. “당신이 이곳, 당신 어머니의 무덤에 앉아 있는 걸 자주 봤어요. 매일 오지 않았어요?”

“거의 매일 왔어요.” 나도 따라 앉았다. 동시에…… ‘예의가 없다고 탓하진 않겠지?’라고 생각했다. “제 어머니가 제일 무서워하는 건 거머리죠!”

“어머니시군요!” 그녀는 또다시 먼 곳을 바라보며 그저 묵묵히 웃었다. 그녀의 시선과 웃음에는 마치 옅은 안개가 드리운 듯해서 따뜻한 느낌이 들었다.

나는 술에 취한 듯 그녀의 아련한 시선과 웃음 위에 누웠다. “아버지 몰래 학교를 빼먹은 날 어머니가 절 고모 집으로 보낸 일이 아직도 생생하죠.”

"세 살 때 입었던, 어머니가 날 위해 떠준 스웨터는 아직도 장신구를 넣어둔 작은 철제 상자에 고이 모셔두었죠."

"어머니는 담배 피우는 것을 싫어하셔서 툭하면 아버지 입에서 시가를 빼앗으셨죠."

"어머니는 하얀 연꽃을 사랑하고 난 라일락을 사랑하죠."

"아버지는 어머니를 조금 무서워하셨죠."

"아버지와 말다툼을 하면 어머니도 우셨어요. 어머니가 우시는 걸 한 번 봤어요."

"어머니!"

"이 대리석 밑에 가만히 누워 계신 분이 바로 어머니시죠!"

"제 어머니도 저기 대리석 밑에 가만히 누워 계시죠!"

아득히 먼 곳에 계신 어머니에 대한 그리움과 둘 사이 몽글거리는 우정의 호감이 한데 어우러졌다. 우리는 다섯 살짜리 아이처럼 어머니의 생전 삶에 관해 수다스럽게 이야기했다.

그날 밤, 나는 방을 뱅글뱅글 돌다가 지쳐 나가떨어진 뒤에야 침대에 누웠고, 누웠다가 이내 다시 벌떡 일어나 앉았다. 소등이 끝난 기숙사에서 은빛 바다를 닮은 운동장을, 골대에 어른거리는 그림자를, 저 멀리 서 있는 나무를 바라보았다. 가만히 생각하면서 가만히 웃었다.

4

매일같이 그녀와 함께 대리석에 앉아 묘비에 기댄 채 꽃잎이 떨어지는 고즈넉한 소리를 들었다. 그녀가 말이 없는 사람이라는 것은 틀린 말로, 어머니 이야기만 나오면 그녀의 과묵한 입에서는 더듬더듬 생생한 말들이 줄줄 튀어나왔다. 침묵할 때도 그녀의 눈동자는 나만 알아들을 수 있는 신비로운 말을 할 줄 알았다. 그녀는 감수성이 예민하고 나는 감정의 온도계라 할 수 있는 그녀의 눈동자 너머로 심리적 날씨를 짐작하곤 했다.

아가씨들은 적절한 배경에 배치되어야 한다. 링 아가씨가 직선의 건물 안에 존재한다거나 연분홍빛 혹은 흑백이 어우러진 강렬한 색상의 옷 속에 존재한다면 혹은 재즈가 흐르고 네온사인(neon light)이 번쩍번쩍하는 곳에 존재한다면, 담담한 슬픔이 깃든 그녀의 우아한 자태는 빛이 바랠 것이다. 그녀의 찡그린 미간은 수직으로 세워진 흰 대리석 묘비와 줄지어 늘어선 상록수, 처량한 정취를 뿜어내는 시든 꽃과 더없이 어우러졌다. 그녀의 고운 어조와 몽환적인 미소는 드넓은 들판, 쾌청한 날씨와 조화를 이루고, 안개 낀 듯한 그녀의 시선은 언제나 먼 고향과 쓸쓸한 어머니를 바라보았다.

그녀와 들판을 천천히 거닐 때면 그녀의 발뒤꿈치에서 아우성치는 사랑의 속삭임이 들렸다. 우리는 어머니를 중심점으로, 대화의 주제를 바깥쪽으로 한 바퀴씩 그려나갔다.

"나는 옛날 시골 공기를 무척 좋아해요."

"승마를 좋아해요? 말을 타고 들판을 달리는 건 젊은이들의 일이죠."

"어머니가 시후 요양원에서 돌아가신 건 5월의 밤이었어요. 폐결핵은 어머니의 유산이죠. 그 유산을 물려받은 탓에 전 운동과는 담을 쌓게 되었죠." 폐결핵에 관해 말할 때 그녀의 얼굴은 신경쇠약에 걸린 환자 같다.

나는 그녀의 건강이 걱정스러워서 울적했다. '그녀가 죽으면 라일락이 흐드러진 곳에 묻어준 뒤 만돌린(mandolin)으로 쇼팽●을 연주하면서 어머니의 곁을 지키듯 그렇게 그녀와 함께하리라' 생각했다.

폐결핵을 앓는 아가씨를 사랑하다가 어느 날 문득 그녀가 폐결핵 균의 먹이가 된다는 사실을 알게 되었다. 정말로 고통스러운 일이지만 고통스러워한들 무슨 소용이 있을까?

"그럼, 당신은 왜 홍콩에 가서 살지 않죠? 그곳은 좋은 요양원이잖아요? 남쪽의 태양이 당신의 치료에 도움을 줄 텐데요." 나는 정말이지 그녀를 온실 속 꽃처럼 지키고 싶은 심정이었다……. 말라가는 꽃에 조심스럽게 물을 주는…… 정원

● 프레데리크 쇼팽(1810~1849) 역시 결핵 때문에 건강이 악화되어 연인인 조르주 상드(1804~1876)와 헤어지고 죽어갔다.

사가 되면 즐거울 것이다. 나는 보랏빛 얇은 비단으로 그녀를 감싸고, 활짝 핀 꽃술을 덮어 벌들이 날아오지 못하도록 하루 종일 그곳을 떠나지 않고 지킬 것이다.

"맞아요. 난 홍콩을 사랑해요. 우리 집 창밖을 내다보면, 이슬비에 젖은, 뱀처럼 구불구불한 빅토리아시의 도로를 볼 수 있죠. 나는 그런 담담한 슬픔을 사랑해요. 다만 혼자 상하이에 계신 아버지가 적적할까봐 함께하려고 왔어요. 난 아버지를 더없이 사랑하거든요."

한 샛길로 들어서자 양쪽에는 키 작은 나무들이 울타리를 이루고, 우리는 나뭇가지 밑으로 지나갔다. 땅에는 나뭇잎 사이로 어른거리는 햇빛이 메뚜기처럼 덩굴풀 위로 옴질옴질 움직이고, 그녀는 자신의 발뒤꿈치를 휘감고 좀체 놓아주지 않는 덩굴풀 때문에 발을 동동거리면서 눈살을 찌푸리며 말했다.

"성가셔……."

그윽한 샛길은 길고 길었으며, 앞에는 울창한 여름 관목들이 낮은 울타리 안에서 바깥쪽으로 팔을 뻗고, 흐릿한 잎과 꽃들이 길을 막았으며, 땅에는 떨어진 꽃잎이 낭자했고, 초롱꽃은 발밑에서 원망을 쏟아냈다. 우리는 몸을 굽혀 걸어가면서 꽃잎으로 뒤덮인 부드러운 흙을 바스락바스락 밟았다. 느닷없이 낮은 울타리에서 장미 가지가 뻗어 나왔고, 그 가지에 달린 가시가 그녀의 머리카락을 낚아챘다. 내가 몸을 들어 가시를 치워줄 때 그녀는 고개를 비스듬히 기울인 채 나를 바라보았다. 나는 그렇게 넋을 놓은 채 그만 장미 가시에 찔린 손가락에 피가 흐른다는 사실조차 망각하고 말았다.

샛길을 걸어 나온 순간 우리의 눈앞에 드넓은 보리밭이 펼쳐졌다! 건물 한 채도, 사람 한 명도 보이지 않았다! 저쪽은 연못으로, 우리는 거기로 달려가 앉았다. 저녁 무렵이 되자 저쪽 하늘에서 불타는 거대한 핏빛 태양이 밀 이삭 위에 서 있고, 파란 하늘에 붉은 뭉게구름이 한 무더기, 또 한 무더기 탐스럽게 피어오르며, 저 멀리 밀밭에 보랏빛 저녁 안개가 휘덮였다. 수면에 버드나무 그림자와 우리의 그림자가 일렁였다. 어둠은 그렇게나 명징했다. 그녀는 가볍게 숨을 헐떡이고 헝클어진 머리카락과 연분홍빛으로 물든 뺨을 하고 있었다. 그야말로 폐결핵의 징후였다! 나는 우울했다.

"광활한 들판!"

"파란 하늘!"

"저 태양, 해 질 녘의 태양!"

"그리고……." 또 뭐가 있을까? 그리고 그녀가 있었다. 그녀야말로 해 질 녘의 태양이었다! 다만 나는 이 말을 꺼내지 않았다. 왜 말하지 않았을까? '아가씨, 난 당신을 사랑해요.' 하지만 소심하기 그지없는 나는 그저 "사랑스러운 계절이군요!"라고 탄식했다.

"봐요!" 그녀는 발을 내밀었다. 투명하고 옅은 회색 실크 양말 위로 풀들이 애벌레처럼 기어올랐다.

"저는…… 뭐라고 말해야 하나? 이야기를 하나 들려줄게요. 옛날에 꽃처럼 사랑스러운 한 아가씨가 있었어요. 그래요. 맞아요. 라일락을 닮았죠. 한 젊은이가 그녀에게 매료돼 그녀를 사랑하지만 그녀는 그 사실을 모르죠. 젊은이는 날이면 날마다 그녀 곁에 있지만 외려 외롭고 우울해하죠. 아가씨는 건강이 상당히 안 좋고 그는 그런 그녀가 걱정돼서 전전긍긍하죠. 그는 그녀를 너무나 사랑한 나머지 보기만 해도 행복을 느껴요. 그는 감히 아무것도 요구하지 않을뿐더러 아무것도 바라지 않아요. 그저 그녀가 자신의 사랑을 알아주기만 하면 만족할 테죠. 그렇지만 아가씨는 이 사실을 전혀 몰라요. 매일 밤 그가 숨죽여 운다는 사실도 모르죠……."

"그런데 그 아가씨는 누구죠?"

"그 아가씨는…… 그 아가씨요? 라일락 같은 아가씨죠……. 맞아요. 어느 책에서 본 이야기인지 모르겠어요."

"사랑스러운 이야기군요. 그 책 좀 빌려줘요."

"그 책 제목을 잊어버렸어요. 언제 찾게 되면 가져다줄게요. 못 찾으면 내가 들려줄 수도 있고요"

"사랑스러운 이야기죠! 그런데, 봐요. 저쪽, 저쪽이 제 고향이에요!" 그녀는 안개 낀 듯한 눈동자로 하늘가를 바라보면서 입가에 몽환적인 미소를 걸었다.

나의 사랑, 아무도 모르는 사랑, 침묵의 사랑, 내 젊은 마음속에 묻혀 있는 사랑.

'어머니가 아직 살아 계셨다면 어머니는 아셨을 것이다. 내가 알려드렸을 테니까. 어머니께서 당신 앞에 무릎을 꿇고 앉은 내 머리를 쓰다듬어주시면, 난 당신 아들의 은밀한 사랑을 알려드렸으리라. 어머니!' 나 역시 우울이 담긴 눈을 동그랗게 뜨고 하늘가를 바라보며 입가에 쓸쓸한 미소를 머금었다.

5

나는 강의실 앞 돌계단에 앉아 품에서 어머니 사진을 꺼내 속삭였다.

"어머니, 아버지가 당신을 사랑할 때 뭐라고 하셨나요? 아름답고, 암시적인 이야기를 들려주셨나요? 아버지도 저처럼 소심하기 짝이 없었나요? 어머니, 어쩌자고 이렇게 소심한 아들을 낳으셨어요?"

어머니는 웃으며 말했다. '장난꾸러기 녀석. 조용히 사랑하는 것도 좋지 않아?'

나는 숨죽여 울었다. 야심한 밤에 뭐 하러 여기까지 달려왔을까? 밤바람은 차고, 밤은 고요하면서 부드러웠다. 행복하면서도 우울한 이중적인 감정에 짓눌린 아이의 마음은 유약했다.

묘비에 기댄 채 만돌린(mandolin)을 튕기며 나지막이 노래했다.

내 인생의 한 가지 비밀은

청춘의 사랑이죠

하지만 내가 사랑하는 아가씨는 내 사랑을 몰라요

난 그저 침묵하는 수밖에 없어요

날마다 그녀 옆에 있어 나는 행복해요

그러나 여전히 외로워요

그녀는 고통스러운 아이의 마음을 모를 거예요

난 그저 침묵하는 수밖에 없어요

'그녀'로 가득 한 이 노래를 들을 때,

그녀는 "그녀가 누구죠?"라고 묻겠죠

인생이 먼지 속으로 흩어지는 순간까지 나는 그녀에게 내 사랑을 말하지 않을 거예요

난 그저 침묵하는 수밖에 없어요!

나는 고개를 숙인 채 침묵했고 링 아가씨는 앞에 앉았다.

"봐요, 당신 얼굴! 우울한 시인 레이노•의 지팡이를 닮았어요."

"알려줄게요. 내 비밀은……." 하지만 나는 영원히 진실을 말하지 않을 것이다. "어머니가 그리워요!"

• 핀란드의 작가, 언론인, 논객, 시인 등 다방면으로 활동을 펼친 에이노 레이노(1878~1926)로, 핀란드에서 가장 중요한 작가 중 한 사람으로 꼽힌다.

또다시 침묵이 이어졌다. 우리는 툭하면 말없이 앉아 있었다. 나는 그녀가 말하는 것을 원치 않았고 말하는 그녀의 입을 보는 것 또한 고통스러웠다. 입이 있어도 자신의 비밀을 털어놓지 못하는 것이야말로 꿀 먹은 벙어리가 아니고 무엇이란 말인가? 지금까지도 왜 그때 분명하게 말하지 못했는지 이해할 수 없다. 말을 못 하는 사람도 아니면서 말이다. 다만 순진하기 이를 데 없는 나이의 순수한 아가씨를 사랑의 대상으로 삼은 것이야말로 범죄가 아닌가 생각한다. 마리아처럼 숭배받아야 마땅한 그녀를 위해 나는 순교자의 열심과 정성으로 매일 밤 그녀의 건강을 지켜달라고 기도했다. 더더군다나 말을 많이 하게 되면, 그녀로서는 숨이 가빠 건강에 해로웠다. 나는 차라리 그녀가 침묵했으면 하고 바랐다. 그녀가 가만히 있을 때, 그녀의 머리카락과 다문 입, 정교한 힐은 말할 때보다 더 의미심장한 속삭임을 건넬 줄 알았다. 그것은 육감을 농원해 귀 기울여 들어야 할 새로운 언어였다.

그날 돌아가는 길에 흙먼지 속에 온전치 못한 라일락 한 송이를 발견했다. 사람에게 짓밟힌 것이었다. 그녀는 그것을 주워 하얀 손수건에 싸서 내 주머니에 넣었다.

"우리 집에는 이렇게 작은 보랏빛 꽃이 널렸어요. 골동품처럼 소장하고 있지요. 종이꽃처럼 말린 3년 전의 것도 있어요. 언제 우리 집에 들러 구경해요. 엄마의 사진은 물론 어릴 적부터 지금까지의 내 사진도 있어요. 값비싼 사탕도, 푸르른

빛이 감도는 서재도 있죠.”

이튿날은 일요일로 나는 그날의 일기에 이렇게 썼다.

5월 28일

나는 아버지의 집으로도, 어머니의 그곳으로도 가고 싶지 않았다. 아침에 친구들이 뱃놀이하러 리오 리타에 가자고 했다. 친구들의 말에 따르면 그곳에는 버드나무도, 꽃도, 즐거운 사람들도 있는데, 쑤저우강에서 뱃놀이하는 건 강남• 사람들만의 특권이었다. 내가 거절하자 친구들은 내가 최근 변했다고 했다. 그랬다. 나는 변했고 혼자 있는 게 좋았다. 시시때때로 혼자 학교 바깥으로 나가 걸으며 생각에 잠겼다. 불면에 시달리는 밤이 늘어갔다. 하지만 내가 왜 변했는지 누가 알겠는가? 내가 고독한 아가씨를 사랑하고 있다는 것을 누가 알겠는가! 이 사실을 아는 어머니가 다른 사람에게 말할 리도 없고. 나 자신도 알고 있지만 그렇다고 내가 누구에게 말할 수 있겠는가?

오늘 링 아가씨는 집에서 아버지와 함께 시간을 보냈다. 나는 챙이 넓은 밀짚모자를 쓰고 하루 종일 개울 옆 나무 그늘

• 양쯔강 하류 이남의 지역, 즉 장쑤성, 안후이성 남부와 저장성 북부 지역을 말한다.

아래에 앉아 말 못 하는 사람처럼 아무 말 없이, 가만있었다. 여름은 저쪽 들판에서, 뻐꾸기 울음소리에서 천천히 걸어왔다. 강가의 풀은 반년 동안 털을 다듬지 않은 사람의 수염을 닮았다. 밭둑에는 상반신을 홀딱 벗은, 부지런한 농부가 걸어갔다. 하늘은 구름 한 점 없이 파랬다. 큰길은 휴일을 이용해 교외로 말 타러 나온 사람들로 북적이고, 그들의 흰 범포 승마용 바지가 말 위에서 반짝반짝 부서졌다. 나는 외로웠다.

저녁에, 나는 다시 입지 않을 요량으로 봄옷을 상자에 집어넣었다.

내일은 링 아가씨의 생일이니 그녀의 집에 갈 것이다. 그녀에게 무슨 선물을 해야 할까? 나는 다이왕수 선생의 시집 한 권과 라일락 한 다발, 그리고 고통스러운 마음을 선물하고자 한다.

오늘 밤에는 잠을 이룰 수 없을 것 같다.

6

살수차가 아스팔트 길을 쏴쏴 소리를 내며 지나가고 흰 모자를 쓴 가톨릭 신자들이 자신들의 고국에 대해 중얼중얼 이야기하고 쇼윈도에는 끔찍한 일본 양신과 실크 잠옷이 보였다. 어디서인지는 모르지만 벌써 매미 소리가 들려왔다.

벽은 등나무 덩굴로 뒤덮이고 창문 앞의 파초가 바스락댔다. 집 앞에는 작은 정원이 있고, 길을 따라 프랑스식 낮은 울타리가 이어졌다. 낮은 울타리로 들어가 복도를 따라 집 앞 돌계단까지 걸어가자 갑자기 문이 열리면서 좀체 보기 드문 장난꾸러기 같은 미소를 지으며 꼿꼿이 선 그녀가 보였다. 내가 다가가자 내 얼굴로 월계화• 씨앗이 던져졌고, 비취 같은 씨앗들이 일제히 내 얼굴 앞에서 터졌다. "조금 전 창가에서 당신을 봤어요."

"이건 작은 선물이에요."

"고마워요. 사람들이 준 사탕과 장신구보다 훨씬 귀여워요."

"당신이 좋아하는 것들이죠." 나는 간절하게 그녀를 바라보았다.

하지만 그녀는 내 눈빛을 이해하지 못할 것이다. 나는 말없이 그녀를 따라 들어갔다. 소박한 서재는 삼면이 창이었다. 창가에 복숭아나무로 만든 책상이 놓여 있고, 그쪽 구석 책장에 이청조••의 사와 폴 베를렌•••의 시집이 꽂혀 있다.

• 장미과의 상록관목. 원산지는 중국으로 봄부터 피고 지기를 쉼 없이 반복해서 '사계화', '월월홍'이라고도 하며 보통의 장미와는 확연히 구분된다.

•• 중국 송대의 대표적 시인 이청조로, 아름다운 송사의 최고 수준을 보여준다. 저서로 《이안거사문집》, 《이안사》 등이 있다.

••• 프랑스의 시인 폴 베를렌(1844~1896)으로, 랭보, 말라르메와 함께 보들레르의 영향을 받은 프랑스 상징주의의 대표자다.

"프랑스어를 알아요?"

"예전에 아버지가 프랑스 대사관에 근무할 때, 그곳에서 살았어요."

그녀는 내가 선물한 《나의 기억》을 책장에 꽂았다. 방 한가운데는 소파와 벨벳 방석이, 앞쪽에는 두 권의 사진첩이 놓인 둥근 테이블과 작은 소파가 있었다. 창가 쪽에는 외발 긴 테이블이 놓여 있고, 그 위에 라일락 한 다발이 담긴 목이 긴 꽃병이 놓여 있었다. 그녀는 내가 선물한 라일락도 함께 꽂았다.

"이 라일락은 아버지가 선물하신 거예요. 시들면 보랏빛 비단에 싸서 어머니가 짜준 스웨터와 함께 넣어두려고요."

그녀는 거기에 서서 꽃을 바라보았다. 하얀 방충망을 통해 쏟아져 들어오는 햇빛이 라일락 꽃송이와 그녀의 머리카락을 부드럽게 어루만졌다. 방충망 사이로 파초의 그림자가 어른거렸다. 서재에 고요함이 스며들었다. 온통 그녀에게로 흘러간 나의 영혼과 생각이 태양의 손길과 함께 라일락, 그리고 그녀의 머리를 쓰다듬었다.

"왜 라일락 두 다발만 소중하게 여기죠?"

그녀는 돌아서서 안개 자욱한 눈으로 나를 바라보다가 한참 후에야 입을 열었다. "당신은 이해 못 해요." 난 이해한다고요! 이 순간, 안개 낀 듯한 그녀의 눈빛과 그녀가 던진 한마디는 내 기억 속에서 영원히 각인될 것이다. 내 영혼이 소멸되고 내 몸이 썩을지언정 이 기억만은 영원히 생생하게 퍼덕거릴 것이다.

하얀 범퍼 차양 모자를 쓴 그림자가 창밖에서 번쩍하자 그녀가 벌떡 일어나 뛰어나갔다. 나는 벽을 살폈다. 덩그러니 하나 걸린 은빛 액자는 소박한 선으로 짙푸른 여름을 표현한 모네(Monet)의 농가 그림이었다.

"아빠, 나 대신 거실로 가서 손님들을 접대해주세요. 아니에요, 우선 저 사람과 인사해요. 내가 자주 언급한 그 사람이에요. 그의 어머니는 우리 어머니와 이웃이에요! 보세요, 저 사람도 내게 라일락을 선물했어요……." 그녀는 새끼 새처럼 중년 남자의 어깨 밑을 파고들었다. 이런 딸을 둔 아버지는 행복하리라. 지금 행복한 아버지가 어간유• 반 타를 짊어진 모습은 실험실의 석고 뼈대 표본과 거대한 거북이를 등에 업은 덴마크 사람을 떠올리게 했다. 부친의 얼굴에는 소년 시절의 분위기가 여전히 어려 있었다. 몸은 건장했다. 그런데 어쩌다 여위고 허약한 딸을 낳았을까? 그의 옆구리 아래쪽 깜찍한 링 아가씨를 바라보면서 나는 우울해졌다. 그는 괘자와 모자를 그녀에게 건네주고, 손수건을 꺼내 이마의 땀을 닦은 뒤 별다른 말 없이 딸을 배려하는 얼굴로 나갔다.

"응접실에 손님이 아직 있어요?"

• 명태, 대구, 상어 등의 간장에서 뽑아낸 지방유로, 비타민 A와 D가 풍부해 영양 장애와 구루병, 빈혈, 선병질 등에 쓰인다.

"얄미운 손님들."

"왜 이쪽으로 부르지 않고요?"

"이 서재는 내 것이에요. 이쪽으로 건너와서 소란을 피우도록 놔두고 싶지 않아요."

"나는 상관없어요. 건너가서 이야기 나눠요. 충은 그다지 예의 바르지 않은 사람들이라고 했어요."

"그렇지만 난 당신과 약속했잖아요. 같이 사진 보자고."

그녀는 소파에 앉아 사진첩을 뒤적였다. 내가 사진을 통해 만난 그녀의 어머니는 입가와 앙상한 얼굴이 그녀와 판박이였다. 그녀는 커다란 선물용 사탕 상자를 가지고 와서 나와 나눠 먹었다. 사진첩에는 재작년 홍콩에서 찍은 그녀의 사진이 한 장 있었다. 라일락이 흐드러진 곳에 앉아 익숙한 웃음을 짓고 익숙한 시선을 던졌다. 얼굴은 지금보다 통통하고 사진 아래에는 작은 글씨로 "꽃으로 말해봐요(Say it with flowers)"라고 쓰여 있었다.

"누가 찍어줬어요?"

그녀는 "아빠가……"라며 밖으로 뛰어나갔다. "당신에게 드릴 티(Tea)를 가져올게요."

그 사진은 빛과 그림자가 최고라고 할 수 있을 정도로 잘 어우러지고 다른 사진에서 찾아볼 수 없는 그녀의 몽환적인 자태가 돋보였다. 나는 그 사진을 뚫어져라 들여다보면서 '그녀는 왜 내게만 자신의 서재에 들어오게 허락했을까? 왜 내가 이해하지 못한다고 할까? 이해하지 못한다……. 이해하지 못한다는 건…… 무슨 의미이기에 그렇게 날 쳐다보았을까? 그녀에게 사랑한다고 말하자……. 아! 아, 이 사진을 줄 수 있는지 그녀에게 물어봐야겠다! 은회색 액자에 이 사진을 넣어 어머니의 사진과 함께 서재에 걸 거야. 또한 옆에 외발 긴 테이블을 놓고 라일락을 올려 매일 밤 그 앞에 무릎을 꿇고 그녀를 위해 기도하겠어'라고 생각했다.

그녀는 은 접시를 들고 들어와서 내게 밀크 티 한 잔과 함께 바나나 파이와 빵 두 조각을 내놓았다.

"내가 만들었어요. 홍콩에 있을 때 아버지께 코코넛 파이와 리치 파이를 자주 만들어드렸어요."

그녀는 원탁 앞에 서서 어린아이처럼 먹는 내 모습을 지켜보았다.

"당신은요?"

"조금 전 사탕을 먹어 더 먹을 수가 없어요. 건강한 사람은 행복하겠어요. 내게는 어간유만 먹는 복뿐이죠. 광둥에는 리치 과수원이 널렸고 검은 진주 같은 리치가 주렁주렁 달렸어요. 투명한 리치의 과육은 또 어떻고요!"

"오늘은 몹시 들떠 보이는데요! 그렇죠?"

"다음 주에 아버지를 따라 홍콩에 갈 예정이거든요."

"뭐라고요?" 나는 입안에 바나나 파이가 든 사실도 깜빡하고 말았다.

"왜 그래요? 다시 돌아올 거예요."

조금 전까지 게걸스럽게 먹던 바나나 파이도, 마시던 밀크티도 더는 넘어가지 않았다. 그녀에게 말해야 할까? 말하지 말아야 할까? 머릿속이 하얗게 비었다. 척추도, 신경도, 심장도 없는 사람이 되어버렸다!

"언제 가죠?"

"모레, 날 배웅하러 와줘요."

"꼭 갈게요. 다만 내일 어머니를 뵈러 같이 안 갈래요?"

"아닌 게 아니라 가려고 했어요. 그런데 왜 안 먹어요?"

나는 말없이 그녀를 바라보았다. 말해야 할 것인가 말 것인가?

"안 먹어요? 얄밉네. 내가 직접 만든 바나나 파이라고요! 안 먹을 거예요?" 그녀는 눈살을 찌푸리고 발을 살살 구르고 웃으며 다그쳤다.

새김질하는 동물처럼 나는 바나나 파이를 씹고 또 씹느라 다 먹는 데 오랜 시간이 걸렸다. 그녀가 피아노 앞에 앉아 연주하는 〈안녕이 아닌 굿나이트 키스를 해줘요(Kiss me goodnight, not good bye)〉의 감상적인 선율이 라일락 위를 게으르게 소용돌이치다 창문 뒤로 숨어들었다. 날은 점차 어두워지고 황혼의 희미한 빛이 창문으로 슬며시 기어 들어와 온 집 안을 감쌌다. 흐릿한 그녀의 뒷모습, 어두운 그녀의 머리카락. 그녀가 연주를 마치고 피아노 뚜껑을 닫자 나는 모자를 쓰고 나왔다. 그녀가 나를 문까지 바래다주며 말했다.

“오늘 즐거웠어요!”

“나도 즐거웠어요! 또 봐요.”

“또 봐요!” 그녀가 팔을 흔들며 미소를 지었다.

나도 웃으며 길까지 걸어 나와 고개를 돌리자 그녀는 여전히 문 앞에 서서 팔을 흔들고 있었다. 앞쪽 줄지어 선 가로등이 아가씨들의 이브닝드레스에 박힌 보석 같았다. 문득 나는 내 눈에도 걸린 등불이 구슬처럼 반짝이다 떨어지는 것을 알아챘다. 손안의 사진 속 어머니의 얼굴이 흐릿했다.

‘왜 그녀에게 말하지 않았을까?’ 나는 후회했다.

뒤돌아보니 서재의 길가 쪽 창문에서 새어 나오는 연둣빛 불빛이 창밖에서 엿보는 등나무 덩굴을 비추고, 낭랑하게 흐느끼듯 울리는 피아노 선율이 아련하고 쓸쓸했다.

7

이튿날 우리는 묘지 안을 한 바퀴 돌고는 어머니 무덤 앞에 앉았다. 그녀도 내 어두운 낯빛을 알아차리고는 왜 그러느냐고 물었다. ‘그녀에게 말할까?’ 생각했다. 결국 꺼낸 한마디는 이랬다.

“어머니가 그리워서요!”

날씨가 무더워 그녀의 블라우스 등 쪽에 땀방울이 배어 그 안 속옷이 거만하게 요염함을 과시했다. 나는 짐을 싸야 하는 그녀에게 돌아가라고 다그쳤다.

배웅할 때 또 보자는 작별 인사도 없이 배는 유유히 부두를 떠나갔지만, 나는 그녀의 눈빛이 하는 말을 알아차렸다. 부두에 서서 그 배를 바라보았다. 그녀와 그녀의 아버지는 배의 난간 뒤쪽에 서 있었다……. 바다는 푸르지만 바다의 습한 바람은 그녀의 건강에 해로우므로 나는 그녀를 위해 복을 빌었다.

그녀가 떠나고 며칠 지나지 않아 사업상 톈진으로 가 몇 년을 머물러야 하는 아버지를 따라 베이핑으로 전학했다. 떠나기 전 그녀에게 나의 베이핑 주소를 알리는 편지를 보냈다.

매일 창가에 앉아 사막의 낙타 방울과 세월의 귀뚜라미 소리를 들었다. 이곳은 맑은 태양이 쏟아지고 파란 하늘이 펼쳐지지만 강남의 그런 바람은 없었다. 홍콩에서 날아든 편지에 시 그녀는 다음 달에 상하이로 올 것이라고 했다. 홍콩에는 해수욕장과 콘서트, 나이트클럽, 야외 댄스홀이 넘쳐나지만 자신은 날마다 창가에 기대 앵무새를 놀리며 논다고 했다. 두 번째 편지를 받았을 때 그녀는 이미 상하이에 있었다. 상하이는 벌써 가을 분위기로 들썩이고 창가에 둔 라일락은 시들어서 보석함에 넣어두었으며 데려온 앵무새는 꽃병을 놓는 외발 긴 테이블에 내달아놓았는데 한숨 쉬는 법을 배워 "어머니!"라는 낱말을 내뱉는다고 했다.

또한 여전히 공동묘지에 자주 들르고 지금 무덤 앞에는 국화만 놓여 있다고 전했다. 하지만 베이핑에는 낙엽만 있고 며칠 후면 황사가 불어오는 날이 찾아올 것이다. 편지를 기다리는 시간은 길고, 읽는 시간은 짧았다. 나는 상하이행 항공편을 운행하지 않는 중국 항공사가 원망스러웠다. 기차와 배의 공간 이동 속도는 내 맥박과 맞지 않았다.

점점 바래는 황금빛 햇빛 속에서, 교외의 사냥 나팔 소리 속에서 가을이 성큼 다가왔어요. 나는 기침이 심해졌어요. 두렵지도, 슬프지도, 기쁘지도 않아요. 가을의 무게라면 익히 아는 바거든요. 며칠 후면, 또다시 밤마다 열이 날 거예요. 가을에 식은땀을 흘리는 건 내게 흔한 일이니까요.
우리는 언제 다시 공동묘지에 같이 갈 수 있을까요? 당신의 어머니는 그곳에서 당신을 그리워할 거예요!

링, 10월 23일

기침이 심하고 닷새 연달아 열이 나며 얼굴이 복숭앗빛으로 떴어요. 아버지는 걱정이 되시는지 내일 당장 병원에 가자고 성화세요. 질산 냄새가 진동하고, 오한과 신열을 오가는 사투를 벌이고, 그러면 간호사들이 나비처럼 분주해지는 풍경 속에서 보내는 건 해마다 겨울인데 올해는 이렇게 일찍 들어갈

줄 몰랐어요.

당신의 편지가 날마다 날아들면 좋겠어요. 병원에서는 생활 필수품이거든요.

링, 11월 5일

난 많이 말랐고 병이 예년에 비해 좀 더 심해졌어요. 어머니가 계신 곳을 오랫동안 가보지 못했어요. 몸이 나아지고 봄이 오면 매일 가고 싶어요.

무덤 앞에 앉아 어머니들 이야기를 나누던 나날이 그리워요!

아, 참, 의사 선생님이 편지 쓰는 것을 말려서 앞으로 더는 쓸 수 없을 것 같아요.

링, 11월 14일

이 편지를 끝으로 나만 매일 써서 보냈지만 답신은 오지 않았다. 편지를 쓸 때마다 '그녀에게 말할까?'라고 주저하고 고민했다. 결국 아주 긴 편지를 써서 그녀를 사랑하고 있음을 고백했지만 편지는 봉랍이 그대로인 채 우체국에서 반송되었다. 봉투에는 "이 사람은 이미 퇴원했습니다"라고 쓰여 있었다.

'왜? 어떻게 된 거지? 나았을까? 아니면…… 아니면…….' 그러고는 어간유와 하얀 요양원, 차가운 공동묘지, 그녀 어머니의 무덤, 새 잔디, 새 무덤, 새 상록수, 라일락 등이 머릿속을 떠다녔다……. 공동묘지의 찬바람아…… 찬바람아! 찬바람아!

부랴부랴 편지를 써서 그녀의 집으로 부치고는 숨이 넘어가도록 기다렸다. 답장이 왔을 때 봉투의 세련되고 웅건한 필체를 본 순간 심장이 튀어나오는 것 같았고 밑으로 또 밑으로 가라앉는 기분이었다. 편지는 이렇게 쓰여 있었다.

> 젊은이, 늦었소. 딸아이는 12월 28일에 그녀의 어머니 묘 옆에 묻혔어요. 죽음 직전 젊은이에게 뭔가를 남겼어요. 상하이에 올 때 나를 한번 찾아와요. 딸아이의 무덤으로 안내해주리다.
>
> 어우양쉬

"늦었어요! 늦었다고요! 어머니, 왜 이렇게 소심한 아들을 낳으셨어요?" 나는 눈물도, 한숨도, 후회도 없이 그저 고개를 숙이고 가만히 앉았다.

1년 뒤, 아버지와 상하이에 도착한 때는 다름 아닌 4월이었다. 나는 작년 이맘때 입었던 옷을 입고 링 아가씨의 집을 찾아갔다. 또다시 봄이 찾아와 파릇파릇한 젊음이 얼굴을 내밀었다. 내가 문을 두드리자 열어주러 나온 사람은 그녀의 아버지였다. 그는 1년 동안 얼굴에 주름이 많이 늘고 노쇠한 모습이었다. 나를 링 아가씨의 서재로 데려갔다. 창문 앞 외발 테이블도, 꽃병도 그대로 놓여 있었다. 모든 것이 작년과 그대로인 채 변한 건 아무것도 없었다. 그는 내게 잠시 앉아 있으라고 한 뒤 저쪽으로 가서 비단으로 싼 무언가를 가져왔다. 작년에 내가 링 아가씨에게 선물한 시든 라일락과 금테를 두른 사진첩이었다.

"딸아이의 유산은 시든 라일락 두 다발과 사진첩 두 권이오. 자네와 똑같이 나누라고 당부하더이다."

나는 그 두 가지 물건을 알아보고는 다소곳이 받아 들었다. 주머니에 그녀가 작년에 땅에서 주워 내게 준 라일락 한 송이도 여전히 있다는 사실이 떠올랐다.

"그녀의 무덤을 보러 갈까요?"

그와 함께 가면서 나는 도중에 싱싱한 라일락 한 다발을 샀다.

교외, 늦봄의 숨결이 담긴 바람이 남쪽에서 불어왔다. 맑은 태양과 파란 하늘, 작은 들꽃이 저마다 미소를 머금었다. 들판은 넓고 길은 길며 공기는 고즈넉하고 광고판의 신사는 말없이 그저 미소만 지었다.

묘지 문을 들어서자 묘지기가 환하게 웃으며 말했다.

"어우양 선생님, 아가씨의 묘비가 이미 설치되었습니다."

니를 보고는 이내…….

"오랜만이야!"라고 했다.

"예."

어머니의 무덤을 지나갈 때 나는 멈추지 않았다. 저쪽, 검은 대리석과 하얀 대리석 위에 새로운 묘비가 있었다.

"사랑하는 딸 어우양 링의 묘."

나는 영원히 잊지 못할 것이다. 몽환적인 웃음과 안개 낀 듯한 눈, 건강하지 못한 피부색, 그리고 "당신은 이해 못 해요"를. 나는 이해하지만 늦었다.

그가 모자를 벗었고, 나도 모자를 벗었다.

해설

상하이의 이중성을 세련된 기교로 예리하게 포착한 무스잉

1930년대 상하이(올드 상하이)는 어떤 모습이었을까? 어땠길래 하나의 노스탤지어로 남아 오늘날까지도 장이머우와 천카이거 등의 5세대 영화감독은 물론 왕안이, 천단옌 등과 같은 소설가에 의해 영화와 소설로 재현될까? 중국인은 왜 올드 상하이를 전유할까?

1930년내 상하이는 명실상부한 '동양의 파리'로, 유럽을 그대로 이식해 온 듯 이국적인 풍경이었다. 와이탄을 중심으로 백화점, 호텔, 영화관, 경마장, 댄스홀, 커피 하우스 등 서양식 건물이 마천루를 이루고 전 세계를 풍미하던 고급 승용차가 도로를 질주했다. 담배와 위스키, 화장품 등 세계적인 브랜드의 대형 광고가 사람들의 눈과 귀를 사로잡고 밤의 유흥으로 유인하는 휘황찬란한 네온사인이 상하이의 밤을 물들였다. 사교의 장이자 거대 산업이 된 댄스홀에서는 외국인으로 구성된 밴드, 직업 댄서와 함께 탱고와 찰스턴, 폭스트롯이 펼쳐졌다. 중국의 전국 각지는 물론 세계 각국에서 몰려든 외국인들이 거리를 누볐다. 양복과 장삼을 걸친 모던 보이, 치파오를 입은 모던 걸이 낮에는 재즈와 영화, 커피를 즐기고 밤에는 댄스홀 문화에 젖어들었다.

이렇듯 1930년대 상하이가 당시 동양에서 가장 화려한 도시의 면모를 갖출 수 있었던 데에는 1840년 중국이 영국과 맞붙은 아편전쟁에서 패해 난징 조약을 체결하면서 상하이에 조계가 생겨났기 때문이다. 영국을 필두로 미국과 프랑스 조계지가 생겨나고, 서구의 온갖 문물이 들어온 그곳을 중심으로 경제적 번영을 이루면서 상하이는 근대적이고 화려한 국제도시로 변모했다. 또한 서양 군대가 주둔하고 치외법권이 인정되는 조계지는 상대적으로 안전한 도피처이기도 했다. 그래서 서구 열강뿐 아니라 우리나라의 독립군, 소련 공산당에 반대하는 백계 러시아인, 독일 나치의 탄압으로 피신한 유대인 등이 몰려들었고, 중국 국내에서도 혼란한 정국을 피해 몰려든 사람들로 인산인해를 이루었다. 물질적 번영과 함께 생겨난 일자리, 상대적으로 안전한 도피처, 쏟아져 들어오는 서구의 진보 사상과 도시 문화, 이처럼 활력 넘치는 상하이는 '모던'과 낭만을 추구하는 수많은 사람에게 기회의 땅이자 꿈의 도시였다.

하지만 명이 클수록 암도 깊어지는 법이다. 무엇보다 상하이는 정치적으로 영국, 프랑스, 미국 등의 조계지로서 반식민지 상태였을 뿐 아니라 일본을 포함해 중국을 호시탐탐 노리는 서구 열강들이 각축전을 벌이는 곳이었다. 또한 중국 내부적으로는 태평천국의 난, 청 제국의 몰락, 신해혁명 실패, 위안스카이의 청 왕조 부활 시도, 군벌 간 전쟁, 국민당과 공산당의 충돌 등 전국 패권을 놓고 그야말로 복잡하고 불안하며 혼란스러운 정국이 휘몰아쳤다.

이러한 정치적 배경 속에서 상하이는 서구 열강의 비호 아래 범죄 조직이 활개를 쳤고 그들의 돈벌이 수단이 된 마약과 도박, 매춘이 기승을 부렸다. 도박으로 가산을 탕진해 가족을 팔거나 범죄에 가담하거나 몸을 던지거나 하는 일이 일상다반사였고, 도시 곳곳에 아편굴과 매음굴이 포진했다. 한 통계에 따르면 매춘으로 생계를 유지하는 여성과 아편에 중독된 사람이 각각 10만 명을 웃돌았다고 한다. 또한 화려한 도시 이면에 그 도시를 떠받치는 슬럼가가 형성돼 난징로(南京路)를 중심으로 나뉜 조계지와 화계지는 극심한 빈부격차를 보였다. 서양의 물질문명을 온몸으로 소비하면서 향락과 퇴폐를 즐기는 사람이 있는가 하면 생활고로 황푸강에 몸을 던지는 사람이 속출했다.

근대화된 교통수단인 전차와 기차가 도시의 중심을 가로지르고, 고가의 외세 차가 도로를 가득 메우지만 한편으로는 전근대적인 인력거가 중요한 교통수단이었다. 즉 근대화가 제

국주의 열강의 조계지를 중심으로 이식된 상하이는 전쟁과 시한부 평화, 전통과 근대, 서양과 동양, 가난과 부, 다양성과 혼돈, 화려함과 비참함, 고상한 것과 속된 것이 뒤섞여 독특한 문화 지형을 만들어내는 시공간이었다. 이질적인 것이 혼재하는 이러한 상하이의 이중성을 가장 예리하게 포착한 이는 '도시의 화려함과 함께 그 이면에 숨은 도시인의 병리적 모습을 감각적으로 묘사하는' 신감각파 작가 중 가장 뛰어나다고 평가받는 무스잉이다.

무스잉은 1912년 저장성 츠시현에서 태어나 유복한 어린 시절을 보낸다. 열여섯 살에 아버지의 사업이 파산하면서 경제적, 정신적 어려움을 겪다가 1929년 열여덟 살에 광화 대학 서양문학과에 입학해 창작 활동을 시작한다. 1930년 열아홉 살에 《신문예》에 〈우리의 세계〉를 발표하고 등단하면서 류나어우를 비롯한 스저춘, 다이왕수 등의 신감각파 작가들과 조우한다. 1933년을 전후로 《남북극》, 《공동묘지》, 《백금의 여체 조각상》, 《성스러운 여자의 감정》 등 네 권의 단편집을 내놓는다. 1934년 대학 때부터 사귀던 상하이의 유명 댄서 추페이페이와 결혼하고, 항일 전쟁이 발발하자 홍콩으로 건너가 《성도일보》의 편집장을 맡는다. 1939년 상하이로 돌아와 친일파 왕징웨이 정부의 기관지인 《국민신보》의 사장을 거쳐 1940년 《중화일보》의 문예 선전 업무를 주관한다. 이 때문에 반대파의 협박을 받다가 1940년 6월 28일 인력거를 타고 집으로 가던 중 암살당한다. 무스잉이 스물아홉 살 되던 해다.

지옥과 같은 하층민의 삶, 그들의 피와 땀, 목숨을 담보로 일궈낸, 음모와 도박, 매춘, 불륜의 죄악과 악취가 들끓는 천국의 상하이를 폭스트롯의 리듬감으로 그려낸 〈상하이 폭스트롯〉, 하층민에게는 과거나 현재나 늘 지옥과 같은 공간이지만 평온과 낭만, 가을 정취가 물씬 풍기는 상하이라는 도시, 그 이면에 지워진 존재의 스산한 삶과 목소리를 기차의 리듬감으로 살려낸 〈거리 풍경〉, 근대화 도시 상하이를 살아가는 사람들이 상하이에 대해 갖는, 동경하고 갈망하지만(빠른 경제적 번영 속 화려한 도시의 삶) 동시에 혐오하는(약탈적인 반식민지에서의 삶) 이중적인 심리를, 근대화된 사랑의 대상 룽쯔를 통해 그려낸 〈심심풀이가 된 남자〉, 화려한 도시의 삶에 피로와 권태를 느끼고 벗어나고픈 이상을 꿈꾸면서도(소설 속 검은 모란은 그 이상을 이룬다) 정작 그 삶을 벗어던지지 않는 도시인의 이중적이고 모순적 욕망을 그린 〈검은 모란〉, 작가의 자전적 경험을 바탕으로 첫사랑의 설렘과 머뭇거림, 아련함을 통해 어머니의 이미지와 겹치는, 이상적인 첫사랑의 이미지를 보여주는 〈공동묘지〉, 빠른 근대화를 이룬 도시의 말단에서 폭력과 착취의 노동 현장을 견디다가 일상적으로 닥칠 법한 산업재해를 겪고 가정 파탄에 내몰리는, 불행이 더 큰 불행을 불러올 수밖에 없는 현실에 처한 도시 노동자의 비참한 삶을 그린 〈팔이 잘린 사람〉, 결국에는 허무하게 끝나버릴 것을 알면서도 그것, 즉 춤에 몰두하는 것밖에 달리 할 수 있는 일이 없는, 욕망이 좌절된 도시인의 불안과 두려움, 공허를 나이트클럽의 풍경으로 리듬감 있게 그려낸 〈나이트클럽의 다섯 사람〉.

이 책에 수록된 작품의 간략한 소개에서도 알 수 있듯이 무스잉은 명과 암이 깊고 넓게 뒤섞여 소용돌이치는, "지옥 위에 세워진 천국"의 근대화 도시 상하이의 이중성을, 그런 상하이를 살아가는 사람들의 상하이에 대한 이중적인 태도를, 그런 도시에 이렇다 할 완충제 없이, 어떤 시스템이나 가치체계에 의해 배려받지 못하고 고스란히 내몰린 하층민의 고달프고 비참하며 존재가 지워진 삶을, 도시의 문물을 적극적으로 소비하는 상류층의 뒤틀리고 좌절된 욕망과 공허를 세련된 필치로 예리하고 리듬감 있게 그린다. 근대화 도시 상하이라는 독특한 시공간을 살아가는 도시인의 불안과 혼돈, 욕망과 공허, 퇴폐와 환락이 댄스홀과 영화관, 도박장을 일상다반사로 드나들며 즐겼던 무스잉의 붓끝에서 생생히 살아나고 있는 것이다.

이쯤에서 20대에 이런 작품을 쓴 무스잉이 계속 살아 작품활동을 이어갔더라면 어떤 작품을 내놓았을지 자못 궁금해진다. 이 책을 번역하면서 알게 된 무스잉, 그의 작품을 번역하는 동안 작품의 세련미와 리듬감에 놀라움을 금치 못했고, 하층민의 삶에 가슴이 저려왔으며, 1930년대 상하이와 그 도시를 살아가는 사람들의 삶이 생생하게 그려져서 즐거웠다. 무스잉과 휴머니스트에 감사를 전한다.

강영희

휴머니스트 세계문학 038

상하이 폭스트롯

1판 1쇄 발행일 2024년 12월 2일

지은이 무스잉
옮긴이 강영희

발행인 김학원
발행처 (주)휴머니스트출판그룹
출판등록 제313-2007-000007호(2007년 1월 5일)
주소 (03991) 서울시 마포구 동교로23길 76(연남동)
전화 02-335-4422 **팩스** 02-334-3427
저자·독자 서비스 humanist@humanistbooks.com
홈페이지 www.humanistbooks.com
유튜브 youtube.com/user/humanistma **포스트** post.naver.com/hmcv
페이스북 facebook.com/hmcv2001 **인스타그램** @boooook.h

편집주간 황서현 **편집** 이성근 김대일 김선경 **디자인** 김태형 차민지
조판 아틀리에 **용지** 화인페이퍼 **인쇄·제본** 정민문화사

ISBN 979-11-7087-269-6 04820
979-11-6080-785-1 (세트)

휴머니스트 세계문학

시즌 1. 여성과 공포

001 프랑켄슈타인
메리 셸리 | 박아람 옮김

002 회색 여인
엘리자베스 개스켈 | 이리나 옮김

003 석류의 씨
이디스 워튼 | 송은주 옮김

004 사악한 목소리
버넌 리 | 김선형 옮김

005 초대받지 못한 자
도러시 매카들 | 이나경 옮김

시즌 2. 이국의 사랑

006 베네치아에서의 죽음 · 토니오 크뢰거
토마스 만 | 김인순 옮김

007 그녀와 그
조르주 상드 | 조재룡 옮김

008 녹색의 장원
윌리엄 허드슨 | 김선형 옮김

009 폴과 비르지니
베르나르댕 드 생피에르 | 김현준 옮김

010 도즈워스
싱클레어 루이스 | 이나경 옮김

시즌 3. 질투와 복수

011 폭풍의 언덕
에밀리 브론테 | 황유원 옮김

012 동 카즈무후
마샤두 지 아시스 | 임소라 옮김

013 미친 장난감
로베르토 아를트 | 엄지영 옮김

014 너희들 무덤에 침을 뱉으마
보리스 비앙 | 이재형 옮김

015 밸런트레이 귀공자
로버트 루이스 스티븐슨 | 이미애 옮김

시즌 4. 결정적 한순간

016 노인과 바다
어니스트 헤밍웨이 | 황유원 옮김

017 데미안
헤르만 헤세 | 이노은 옮김

018 여행자와 달빛
세르브 언털 | 김보국 옮김

019 악의 길
그라치아 델레다 | 이현경 옮김

020 위대한 앰버슨가
부스 타킹턴 | 최민우 옮김

시즌 5. 할머니라는 세계

021 도련님
나쓰메 소세키 | 정수윤 옮김

022 사라진 모든 열정
비타 색빌웨스트 | 정소영 옮김

023 4월의 유혹
엘리자베스 폰 아르님 | 이리나 옮김

024 마마 블랑카의 회고록
테레사 데 라 파라 | 엄지영 옮김

025 불쌍한 캐럴라인
위니프리드 홀트비 | 정주연 옮김

시즌 6. 소중한 것일수록 맛있게

026 식탁 위의 봄날
오 헨리 | 송은주 옮김

027 크리스마스 잉어
비키 바움 | 박광자 옮김

028 은수저
나카 간스케 | 정수윤 옮김

029 치즈
빌럼 엘스호트 | 금경숙 옮김

030 신들의 양식은 어떻게 세상에 왔나
허버트 조지 웰스 | 박아람 옮김

시즌 7. **날씨와 생활**

031 이방인

알베르 카뮈 | 박해현 옮김

032 루시 게이하트

윌라 캐더 | 임슬애 옮김

033 메마른 삶

그라실리아누 하무스 | 임소라 옮김

034 결혼식을 위한 쾌적한 날씨

줄리아 스트레이치 | 공보경 옮김

035 값비싼 독

메리 웨브 | 정소영 옮김

시즌 8. **나의 기쁨, 나의 방탕**

036 주홍 글자

너새니얼 호손 | 박아람 옮김

037 뾰족한 전나무의 땅

세라 온 주잇 | 임슬애 옮김

038 상하이 폭스트롯

무스잉 | 강영희 옮김

039 사생아

이디스 올리비어 | 김지현 옮김

040 미스 몰

E. H. 영 | 정연희 옮김

041 어둠의 심장

조지프 콘래드 | 황유원 옮김